461個のおべんとう

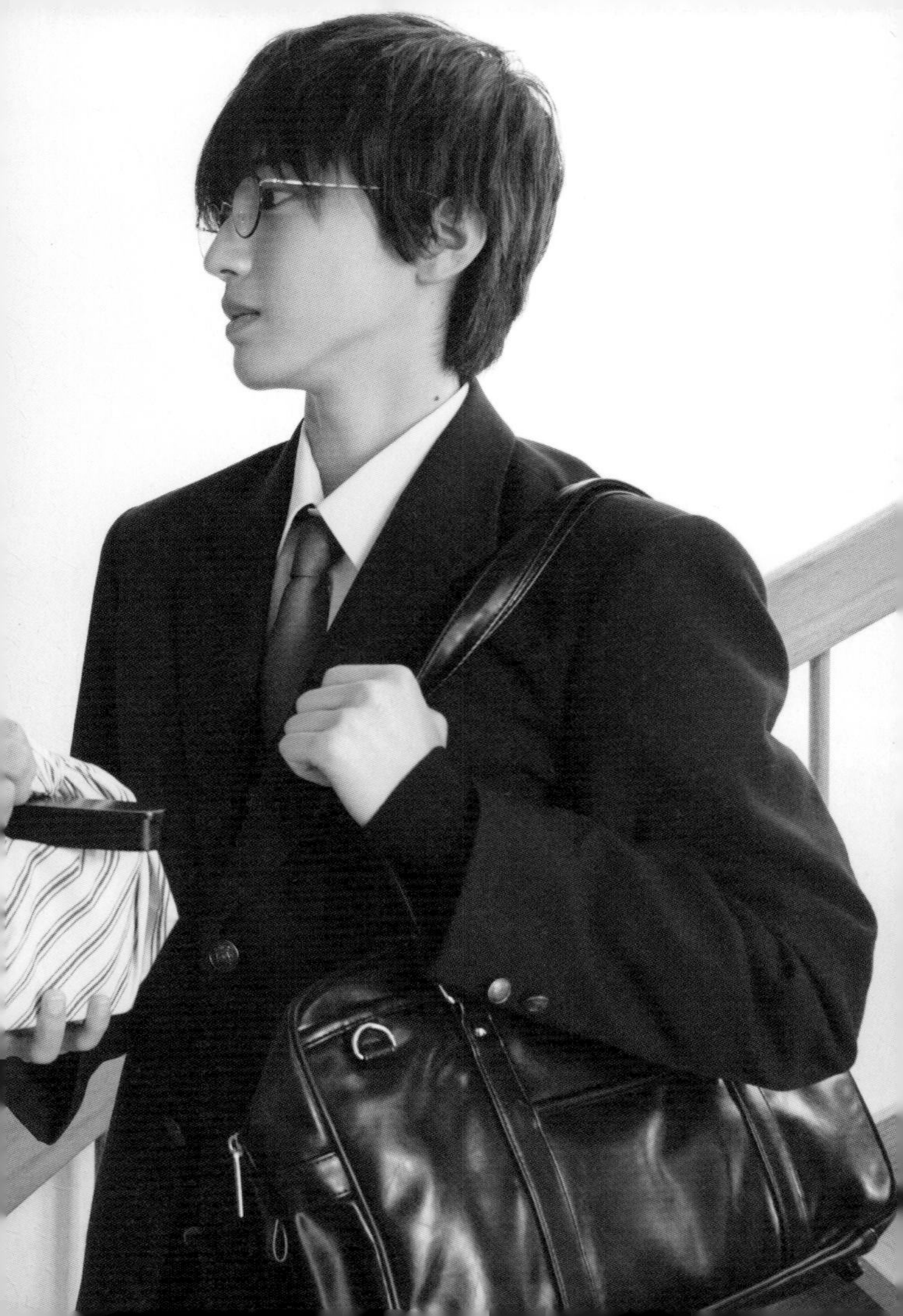

461個のおべんとう

461個のおべんとう

丸山　智

朝日文庫

本書は、二〇二〇年十一月六日公開の映画『461個のおべんとう』の脚本をもとに小説化したものです。小説化にあたり、変更がありますことをご了承ください。

目次

461個のおべんとう

こうきのき

虹輝《こうき》が生まれた時、俺たちは庭にオリーブの木の苗を植えた。

どうしてオリーブの木かというと、夏の暑さや乾燥にも強く、丈夫で成長が早いからだ。周子《ちかこ》は、生まれてくる子供が、身体が強く丈夫にすくすくと育って欲しいという想いから、オリーブの木を植えたいと言っていた。それには俺も同じ気持ちで大賛成だった。

結婚と同時に、長い坂の上にある家を買った。ベランダからは江の島の海を見ることができて、小さいながらも植物を植えて楽しめる庭もある。この家にしたのは、庭があることも決め手の一つだったので、俺たちは上質な土で庭を造った。

周子は、オリーブの小さな苗を、生まれたての虹輝を愛でるような目で見つめながら植えていた。

「大っきくなーれー、大っきくなーれー」

虹輝を抱きながら、ジョウロで水をかけてやる周子は、なんだか宗教画の聖母のように慈しみに溢《あふ》れて綺麗で、ママに抱かれている虹輝も、自分に言ってくれている～、ありがとう！　と喜んでいるような笑顔で最高に可愛かった。

「はい、こっち向いて！　こっち向いて！」

笑顔で振り向く二人に、俺は夢中になってビデオカメラを回した。ついつい虹輝ばかりを撮ってしまい、「ママ入ってないわ」と軽口を叩いても笑顔が絶えなかった。

周子は想いを込めて虹輝に語りかける。

「大きくなってね」

「虹輝の樹だ、ほら」

俺たちは小さなオリーブの木のそばに、「こうきのき」と書いたプレートをさした。これから虹輝の成長と共に育っていくのを楽しみにして。

幸せだった。

俺は虹輝のために曲を作った。

oh BABY　何から話そうかな
oh BABY　僕の好きなもの
oh BABY　このままでいいんだよ
oh BABY　やじろべえの仕草は
oh BABY　髪の毛がクルクル
oh BABY　そばかすできるかな？
oh BABY　パンケーキみたいだよ
oh BABY　大わらわな自分と

そう、虹輝が喋れるようになったら、何を話そう、何をして遊んでやろうと考えると楽しくて仕方がなかった。

虹輝はすくすくと育った。

幼稚園に入ると、俺はよくバス停まで迎えに行った。

帰り道、長い坂の上にある我が家まで一緒に歩きながら、俺が「バン！」と指鉄砲を撃つと、虹輝は負けじと「バン！」と撃ち返してきた。このコンビネーション、なんだか虹輝が成長した感じが嬉しくて、俺は撃たれたフリをして撃ち合いごっこを楽しんだ。その頃から、俺のライブも観に来るようになり、周子と一緒にノリノリで喜んでくれた。

俺は、好きな音楽の活動をしながら、虹輝の成長をそばで感じられる生活になんの不満もなかった。

でも……虹輝が小学校高学年になった頃だったか、周子がカフェで働くようになり、俺もバンド活動が忙しくなってくると、周子と口論をすることが多くなった。

周子は、何かを話したいと思っても、俺が音楽活動で家にいないことが面白くなかった。おまけに家にいても、俺は音楽をやっている自分と家族の前の自分が変わらない。それが周子には、家族に寄りそっていないと思えたのだろう。もっと父親らしく、もっと旦那らしく、現実に向きあって生活してほしい。それが周子の口癖みたいなもんだった。俺が周子に言えることはいつも決まっていた。

「だから何で区別しなきゃいけないんだよ。楽しんでやることだって俺の仕事じゃん」

「ふざけないで！」

「ふざけてないよ」

そう言うしかない。俺は全くふざけているつもりはないのだから。

周子も決まって同じことを言う。

「いつもそうやって話をはぐらかして、自分は悪くないみたいに」

悪いとは思ってない。だからはぐらかしてるつもりもないのだ。俺はただ、いつでもどこでも目の前のことを楽しんで過ごすことが、全てうまくいくことだと信じていた。曲を作るのもそうだ。それが家族の幸せにもつながると信じていた。だからだんだん、この夫婦喧嘩という最悪なイベントが億劫《おっくう》になってきた。

俺が夜遅く帰宅すると、周子はたいていリビングにいた。カフェ経営の勉強をしていたのかもしれないが、俺がそっと二階の部屋に行こうとすると、リビングのドアを開けて声をかける。

「おかえり」

「……うん」

周子の目は、いつも怒っているように見えてしょうがない。またいつものイベントが繰り広げられるのかと思うと気が滅入《めい》り、思わず目を逸《そ》らして二階へと上がってしまっていた。

そんなことを繰り返していると、今度は周子の帰りが遅くなっていった。周子は、有機野菜の食材を扱っているカフェの仕事に真剣に取り組んでいたから仕方がなかったけど。俺はそれなりに、彼女の仕事を理解しているつもりだった。でも、考えてみたら、この半年、ほとんどまともに話をしていなかった。

早く家に帰れたある日、リビングで周子の帰りを待った。中学生になった虹輝は、部屋に籠ったままだ。まだ寝てはいないだろうけど、ゲームでもしていてくれたほうがありがたい。決して楽しくないイベントは、虹輝には見せたくない、聞かせたくない。いや、もう聞いたことがあるのかもしれないが、今日は特に聞かせたくないと思った。

周子が帰宅すると、俺はリビングのドアを開けて声をかけた。

「おかえり」

「……ただいま」

いつもと逆転だ。周子の暗いまなざしを見て、俺もそんな眼をしていたんだなと思った。

「ちょっと話そうか？」

俺は、精一杯自然な感じで言ったつもりだった。その時はまだ、なんとかなると思っていたのかもしれない。でも、周子の「……うん」という返事を聞いた時、この最悪なイベントは最終回を迎えるのだと悟った。

庭のオリーブの木は、中学生になった虹輝より背が高くなっていた。

周子が家を出ていく日、オリーブの木はトラックに積み込まれた。

俺は、「こうきのき」と書かれたプレートを周子に渡しながら、なんて言葉をかけようか考えていた。

「なんかごめんね、わがまま言って」

周子にそれを先に言わせてしまった。

わがままだったのは自分も同じだ。今になってみれば、もっと俺と話をしたかった周子の気持ちも良くわかる。周子は、自分の仕事を夫の俺に認めて支えて欲しかったのだろう。

「いや、こちらこそだよ」

短い言葉しか出てこなかったけど、本心だった。

周子もそれでわかってくれているようだった。

「じゃあ」

周子は、心のかけらを少し残してはいるけど、吹っ切れた様子を見せる。

「うん」

俺が応えると、周子は家に背を向けて歩き出した。俺はその背中に、お店の成功と彼女の幸せを願った。引っ越し業者に「お願いします」と声をかけ、家の中に入ろうとして、ふと周子が歩いて行ったほうを見た。周子は立ち止まって振り返り、三人で暮らしたこの家を慈愛の目で見つめていた。そして、想いを振り切るようにきびすを返して坂を下って行った。

そうか……、虹輝とオリーブの木の背比べができなくなるなんて。考えてもいなかった。

虹輝は、どう思うだろうか。

♪

「ママとパパね、離婚することにしたの……」

僕が大好きな梅ちりめん入りの卵焼きを一つ食べた時、ママはそう言った。

そんな大事なこと、ご飯を食べる時に言うことなのか？　僕は思わずパパを見たけど、まるで聞いてないかのようにご飯を食べている。こういうこと、ママ一人に言わせることなんだろうか。無責任だと思わないのか、不思議だった。

「それでね、ママはここを出て行くけど、虹輝は……ママとパパ、どっちについて来たい？　自分で決めていい？　自分で決めていいよ」

自分で決めていい？　その言い方も無責任だ。確かに僕は、これまでも、自分の意志を大事にしなさいと言われて育てられた。それなら、二人とも、僕の側にいて欲しい、それが本音だ。でも、二人はそれができないから、こういう決断をしたわけで。なるべく暗い雰囲気にならないように、三人揃った夕食時に話すことを選んだんだろう。それはわかってる、わかってるけど……。僕は二人の顔を見ることができなかった。

僕の好きなおかずが並んでいるのに、箸をのばす気にならない。いつもだったら、ママの作った卵焼きは、口に入れた途端に、梅ちりめんのしょっぱさと卵の甘味の割合の絶妙な美味しさが広がって、すぐご飯を口に入れたくなるのに……。

今日は、ぜんぜん美味しいと思えなかった。

夕食後、僕は自分の部屋に行ってベッドに横たわった。

いつもはゲームをする時間だけど、全然やる気にならない。天井を見つめていると、思い出したくないことが頭の中に溢れ出てきた。

そりゃ、まったく予想もしてなかったわけじゃない。

僕が小学校五年の頃から、パパの帰りはいつも遅かった。遅く帰ってきたパパとママが口喧嘩をしているのを聞いてしまったこともある。大人の事情ってやつかもしれないけど、いつもママが怒っていて、パパが言い訳をしているように聞こえた。

僕の誕生日にパパが帰ってこられないこともあった。

ママと二人で随分遅くまで待ったけど、待っていてもしょうがないって、大きなホールの誕生日ケーキをママと食べたんだ。ママが僕のために、いや、家族のために特別注文したケーキだ。ママはどこかやけになってる感じで、いつもだったら、太るからってカットしたケーキを一つしか食べないのに、この日はたくさん食べていた。僕も食べなきゃいけない気がしちゃって、半分以上食べた気がする。

美味しかったような気もするけど、イマイチ味は覚えてない。僕は、わずかに残ったケーキを、パパが帰ってきて食べてくれることを願ってママに話しかけた。

「パパ遅いね……」

「そうね……」

ママは遠い目をして答えるだけ。何を話しても、「そうね……」と繰り返すママ。

パパがいない誕生日は初めてで寂しかったけど、僕よりママのほうが寂しそうだった。

それからなんとなくママの笑顔を見ることが少なくなった気がする。中学に入ってからは、僕が家に帰ると、ママはよくソファに横になっていた。

「ただいま……ママ?」と声をかけると、いつもママは慌てて起き上がった。

「おかえり、虹輝……晩ご飯どうしよっか?」

ママはカフェで働いていたから、疲れているのはわかっていた。

「ピザでもとろうよ。どうせパパもいないし」

僕はデリバリーのメニューを見ながら、ママは疲れているだけじゃない、パパと仲よくないから、やる気が出ないんだ。もう、この家を守りたくないのかもしれないと思った。


僕はどっちについていこう……。

ママが出ていくのは、ママにはやりたい仕事があるからだ。前から有機野菜を使った料理を提供するお店を持ちたいと僕に話してくれていた。きっとその夢が叶うんだろうな。僕がいたら邪魔なんじゃないだろうか……。

パパは相変わらず音楽に夢中だ。パパがいるバンド『Ten 4 The Suns』の活動が忙しいはずだ。パパはいつでも変わらない。ママが出て行っても、きっとマイペースは変わらない。僕に普通に話しかけて、きっと食事の支度とか洗濯とか、最低限のことはしてくれるんだと思う。僕が小さい頃は、よくご飯も作ってくれていたから。

僕だって変わりたくない。

僕のお城でもあるこの部屋が好きだし、ベランダから見える江の島の風景も好きだ。生まれた時からここで暮らしてるんだ。今さら変わりたくない。それに僕には高校受験がある。行きたい学校があるんだ。ただでさえ新しい世界が待っている。これからどんな友達ができるのか、どんな変化のある毎日が待っているのかわからない。だからせめて、住み慣れた町、というか、住み慣れた家から離れたくない。生活を変えたくない。それに、ママとパパの僕への愛情も変わらないと信じたい……。

僕はパパとママ、どっちかを選ぶんじゃない。ここに残りたいと思った。この家から高校に通いたいと思った。

しばらくして、ママはこの家から出て行った。

ママが出て行く日、僕はいつものように学校に行った。授業中、二人は最後にどんな会話をして別れるんだろうとか、どんな顔するんだろうとか、いろんなことが気になって仕方なかった。ママが出て行く時間は知らないのに、時計ばっかり見て時間を気にしていた。友達と話をしても、全然頭の中に入らなくて楽しくなかった。

家に帰る長い坂道が、いつもより急に感じた。いつもより長くて、いつもより足が重かった。家の前に着いた時、僕はいつものように庭にあるオリーブの木を見たけど、そこには穴が空いているだけだった。ママは僕の代わりに、「こうきのき」を連れて行ったんだ。そのことを知らなかったわけじゃない。でも、この穴を見ていたら、僕の心にぽっかり穴が空いたみたいな気持ちになった。

どうしてくれるんだよ、僕は毎日、「こうきのき」に挨拶するのが日課だったんだ。

「おはよう」「ただいま」晴れの日も雨の日も、嬉しい日も悲しい日も、あいつに挨拶する日々を過ごしてきたんだ。相棒がいなくなったら寂しいじゃないか。

僕はイラつきながら家の中に入り、リビングのドアを開けた。

静まり返ったリビング。いつもママがパソコンで仕事していたデスクには誰もいない。ママがいるはずないのはわかっていたけど、寂しい……。

そうだよね……ママだって寂しいんだよね。ごめん。

だから僕の相棒、いや、分身を連れて行ったんだ。あいつを、僕と同じように大事に育ててくれたのは、ママなんだから。
パパは、自分の部屋に閉じこもってた。
パパはこういう時でも、曲を作ってるんだ。きっと……。

人生を選ぶチャンスは二回

本音を言えば、ママが出て行ってからしばらくは、あまりやる気になれなかった。学校には行ってたけど、帰ってから受験勉強をする気には到底ならない。ゲームをやっても、なんだか惰性でやっているようで夢中になれなかった。

パパは、相変わらず、『Ten 4 The Suns』のバンド活動が忙しかったけど、家にいる時は、ご飯を作ってくれて一緒に食べた。パパはいつもと変わらない様子で、学校での出来事を訊いてくるけど、受験が近づくと皆殺伐としちゃって、そんなに楽しいこともあるわけじゃないから、大した会話にはならなかった。

パパは僕のことが気になるから訊いてくるのか、気を遣ってくれているのかわか

らないけど、貴重な父と息子の時間が無言にならないようにしてくれているように
は思えた。
たまにお互い無言になってしまうと、僕は思わず質問をしたくなるんだ。
パパはどうしてママと別れたの？　って。
でも今は、訊かないことが、僕たちの関係を悪くしないことだとわかってるから、
そう思ったら、ご飯をたくさん、口の中に入れるんだ。
ママは、お友達夫婦と共同経営者になって、『Ruby on』という有機野菜の食材
を使ったカフェをオープンさせた。やることがいっぱいあって忙しいのに、時々僕
に連絡をくれた。やっぱり受験のことを気にしているらしい。
学校はどう？　ご飯はちゃんと食べている？　たくさん睡眠とってる？　一日二
十分は日光に当たって、ビタミンDを摂取して免疫を上げなきゃ、人間も光合成が
大事だからね、とか言ってくれる。僕は自分の話をするより、ママの話を聞くほう
が楽しかった。電話を切る時ママは必ず、いつでも遊びに来て、勉強頑張ってと励
ましてくれた。
頑張らないと……。
ママは、カフェで働きながら、時間がある時は家で有機野菜や経営の勉強をして

頑張っていた。だから、『Ruby on』をオープンすることができた。

僕も見習わなくてはと、机に向かって勉強をするけど……時々、どうしても集中できなくてイライラしてしまう。気分転換にゲームに手を出すけど……ゲームさえやる気になれない日もあった。

こんなことを繰り返す日々を送って、僕は高校受験を迎えた。

自分で選んだ高校を三校受験した。一校目、二校目と不合格が続いた。パパは何事もなかったように、気にするな、と僕を励ます。気にするよ、というか、少しは気にして欲しいよ。いや、気にしてるのかもしれないけど、もうちょっと僕の心の中に入ってきてよ、と思ったりする。

パパは優しい目で僕を見ながら、ママにも報告しておけよ、と言う。そう言われると、僕たちは離れて暮らしていても繋がってるのかなと思ったりもした。

僕は、最後の学校の合否が書かれた通知書を持って、『Ruby on』に向かった。

ママがお客にコーヒーを出している間、僕はカウンターの端に座って、店の真ん中に置いてある「こうきのき」を見た。僕よりだいぶ背が高くなっている。プレートも昔のままだ。僕は一瞬、ママと一緒にいる時間が多いあいつを羨ましく思ったりした。

「ごゆっくりどうぞ」とママはお客に声をかけたあと、僕のところに来て、神妙な目で僕の隣に寄り添ってくれた。

僕は封筒から合否通知書を出して、カウンターの上に広げた。

「やっぱ落ちてた。これで全滅」

僕はわざとあっさりと言った。

ママは目を閉じた。

「……ごめんね……ママのせいだ」

「ううん。自分の努力が足りなかっただけだよ」

僕の言葉に、ママは少し驚いたような目で僕を見つめる。

確かに、ママとパパが離婚したことは、自分が思ってた以上に影響があったのかもしれない。でもそんなこと、言ったところでママを悲しませるだけだ。何があっても動じない、デキる息子でいられたら良かったけど……、これが僕の今の実力なんだからしょうがない。

ふと僕は、当たり前のように高校に行くことだけが人生なのか？　と疑問に思った。

「でも、どうなんだろう。高校って行ったほうがいいのかな？」

ママは少し困った顔をしている。

「うーん……。虹輝のしたいように、すればいいよ」

ママの言葉に、僕は少しとまどった。ママは、本当は何か別のことを言おうとしたのかもしれない。でも、僕の意志を尊重するべきなんだと思ったらしい。ママの意見を聞きたいけど、言えないママの気持ちもなんとなくわかった。僕が黙っていると、ママは場の空気を変えようとしたのか、「今日、パパは？」とたずねてきた。

「磐梯《ばんだい》バンドで福島」

僕がそう答えると、ママは明るく、

「そっか。じゃあ、今日はお寿司に行こう。こんな時は、お寿司っ！」

と言いながら僕の頬を優しくつねる。小さい頃よくやられたもんだ。

「もう、やめてよ」

僕が笑いながら抵抗すると、ママも笑っている。なんとなく、今答えを出さなくていいから、よく考えてからでいいからと言ってくれているように思えた。

こんな時は、何も考えないで、大好きなお寿司を食べるのも悪くないと思った。

♪


私はダメな母親だ。いえ、母親と名乗ること自体図々しいのかもしれない。

虹輝から、最後に受験した学校の不合格を知らされて、胸の奥が崩れていくような苦しさが迫ってきた。やっぱり、私が側にいてあげれば……、せめて受験が終わるまで、家を出るのを思いとどまるべきだったと悔やんだ。

三人で暮らした家を出る時、あの頃は、不思議なくらい、仕事がうまくいっていた。不動産会社との契約、店を開店する時期も、共同経営者との話し合いがスムーズに進んでいたし、有機野菜の農家とも良い契約ができた。このタイミングを逃したら、店を出すことはもう一生できないかもしれないと思うほど、いい運びだった。

ただひとつ、一樹《かずき》とのことが私を悩ませていた。

私は、昔の自分のように、一樹の仕事を応援することができなくなっていた。一樹が、好きな音楽を仕事として楽しんでいる姿が、どこか羨ましいと、ずっと心の中で思っていた。自分も好きな仕事をして生きていきたい……。私の仕事を理解して支えて欲しいとさえ思うようになっていた。

その想いは、一樹に届かなかったわけじゃないと思う。でも、一樹にはやり方がわからなかったんだと思う。

お互いずっと平行線のまま。こんな生活はちっとも健康的じゃない。

許されることなら……好きな仕事をして生きたい。

私はその我欲を通したのだ。しかし、その我欲に生きる道に、虹輝の存在がなかったわけじゃない。こんな私でも、虹輝が私を選んでくれたら、一緒に生きていくことは、しっかりと考えていた。

虹輝が一樹との生活を選んだのを知って、私は逆に、どこか……自分が虹輝に捨てられたような気持ちになってしまって……弱かった。でも……今、無理やりにでも、虹輝を連れて出て行くべきだったとさえ、考えてしまう自分がいる。勝手なものね。

虹輝が、高校受験に失敗したのは、私のせいだというのに、彼は「自分の努力が足りなかっただけだよ」と言った。もちろん、受験をするのは本人だけど、合格するための努力を惜しみなく出せる環境を作ってあげられなかったのは、親のせいだ。それなのに、彼は私を責めない。八つ当たりくらい、してもいいのに……。いえ、むしろ罵ってくれたほうが、気が楽だったりするのに……。

私は、彼の優しさと素直さに、自分が恥ずかしくなってくる。まだ十五年しか生きていない彼に甘えていると思った。

虹輝を見ると、彼は首を傾げて何かを考えて言葉にした。

「でも、どうなんだろう。高校って行ったほうがいいのかな？」

その問いは難しい。今は高校に行かなくても、才能を生かして生きて行く道はたくさんある。虹輝が、将来何をしたいのかが重要だと思う。まだ決まっていないのなら、それを探すために良い高校に進むのもいい。それはきっと一樹もそう思うに違いないと思った。こういう時、脳裏をよぎるのは、出て行った身で、一樹を差し置いて意見を言うことも憚《はばか》られるということだ。

「うーん……。虹輝のしたいように、すればいいよ」

私がそう言うと、虹輝は黙って考え込んだ。もしかしたら、突き放したように思ったかもしれない。でもそうじゃなくて、一樹の意見はわからないけど、少なくとも彼が虹輝の将来をどう考えているかを聞いてから意見を言いたいと思った。時間があるなら、もっとちゃんと虹輝の話を聞きたい。

私は、この後一緒に食事をしたいと思って、一樹の所在をたずねた。すると、今日は、磐梯バンドで福島にいるということだった。

「そっか。じゃあ、今日はお寿司に行こう。こんな時は、お寿司っ！」

私は明るく、虹輝のほっぺを軽くつねった。つい彼が小さい頃のくせが出てしまう。彼がへそを曲げたり、機嫌が悪くなったりすると、こうやってご機嫌をとった。可愛くてやる時もあったけど。そうすると大抵「もう、やめてよ」と笑いだす。今日は、虹輝の大好きなお寿司を食べながら、話を聞いてあげたいと思った。

♪


今日は、音楽雑誌のインタビューを受ける日だ。

出かける前に虹輝に声をかけようと思い、部屋をノックしようとして思いとどまった。高校受験に失敗した、いや、そうじゃない、人生の進むべき道を選ぶチャンスをもう一回もらった虹輝は、最近、いつも頭を抱えるように考え込んでいる。ご飯を食べている時も、机に向かっていても、ベッドの中でも。我が息子でも、話しかけづらいくらいだ。

そんなに考えてもしょうがなくね？　と思わず肩でも叩きたくなるが、ここは本人の意志が大事だ。とことん自分が納得するまで考えればいい。虹輝の人生なんだから。今も、どっぷり考え中かもしれない。俺は声をかけずに出かけることにした。

『Ten 4 The Suns』のインタビューは、スタジオの中で始まった。

狭い中に置かれたテーブルにメンバーの利也《としや》と栄太《えいた》と俺が並んで座った。テーブルを挟んで座っている女性ライターが質問する。

「『Ten 4 The Suns』は、「常に新しいものを作っていきたい」とか「同じところで止まっていられない」みたいな感覚があるのかなと思ったんですけど」

「ああ」

よくありがちな質問に俺がうなずいていると、利也が間髪入れずに入ってくれる。

「んーまぁ、僕個人としてはそういう部分もありますけど、『Ten 4 The Suns』をそういう風にしたいかって言われたら、まあ、全くそんなこともなくて」

「そう思ってもそうならないしね、俺らね」と栄太。

俺も同感だ。ずっと前から口にしていることを俺は披露する。

「栄太君の歌詞の世界観と、利也君のトラックの世界観があればいいんじゃんって、まぁそんな感じで思ってますけどね」

栄太と利也は、顔を見合わせて照れ笑いしている。

「まぁそうだね」

利也がおどける。

「自分で言っちゃった、これ」

俺は、利也のこういうところが好きだから突っ込む。

「そうなってきちゃうよね、そうなってきちゃうんだよ」

栄太の二度繰り返しは、心底そう思っている証拠だ。

「そしたら、『Ten 4 The Suns』でやることと、お互いソロやそれ以外の活動でやることで、なんか良いバランスが保たれてるんですね」

そう。俺らは、特別方向性なんか話し合ったことないけど、お互いが暗黙の了解でお互いをリスペクトしているのが最高だ。

「ソロ活動といえばもう、授業参観とかね」

と栄太がソロ活動にひっかけて、俺のプライベートに突っ込んできた。

「授業参観、もうオンリーでやってますから」

俺が、両手を広げて話に乗っかると、ライターは、「授業参観？」と目を丸くする。

栄太と利也は、そうそう、聞いてやってとばかりに笑って頷《うなず》いている。

「いや、でも、子供の学校の行事には大体出てたかな」

「そうなんですね」

とライターが面白そうに食いついてくる。

俺は、幼稚園、小学校、中学校と、できる限り行事に顔を出した。虹輝の成長は自分の目で見たかったから。ありがたいことに、時間が自由になるので計画を立てやすかったのだ。そのおかげで虹輝の担任の先生の名前は、今でもだいたい覚えているくらいだ。

ライターの女性は、「すごい」と感心している。

「奥さん忙しかったでしょ」

と栄太に言われ、確かに周子の方が忙しくて、気持ちは行きたくても行けない状態だったのを思い出す。

「一樹君はほんと頑張ってるけど、まぁ俺たちなんて、子供にとっては反面教師にしかならないと思うよ」

「さーせん」

利也と栄太の掛け合いに皆笑った。

俺は、今頃また自分の部屋で悶々《もんもん》と将来のことを考えているだろう虹輝の姿を思い浮かべた。

「まぁでも、自由に好きなように育ってくれればそれでいいかなって思いますけどね」

これが俺の正直な気持ち。高校に行くのか、行かないのか、どっちに転ぼうが、俺ができることはやってやろう、それは変わらないと思った。

翌日、俺がリビングのテーブルで朝食のトーストを食べていると、虹輝が入ってきた。いつもより足取りが力強い。立ち止まって何かを言おうとしている。俺はいつものように、

「おはよう」と声をかける。

「おはよう」

虹輝はまっすぐに俺の顔を見る。その時点でいつもと違う。虹輝は、冷蔵庫から牛乳を出し、グラスを持って俺の前に座った。

「パンでいい？」とすぐさま訊く俺。

「うん」

俺は立ち上がり、キッチンに向かった。何はともあれ、まずは腹ごしらえが大事だ。

ベーコンエッグでも作ってやろうと用意を始めると、虹輝は意を決して立ち上がった。

「パパ、あのさ」

「ん？」

「高校には、行こうと思うんだ」

虹輝が自分で決めたことが嬉しい。ただ嬉しくて、俺は、虹輝の顔をまっすぐ見て、それしか言葉が出なかった。

「そっか」

「うん」

虹輝の返事は力強い。これからまた一年、受験勉強をすることになるけど、虹輝なりに楽しんで臨んで欲しい。それで時々は、自分の好きなことも忘れずに過ごして欲しいと思った。

俺は今からスペシャルなオムライスを作ってやることにした。

幸い昨日のご飯の残りが一・五人分はある。冷蔵庫の中には、鶏肉はないが牛モモ肉があった。ちょっと贅沢だが牛肉を入れよう。

まずは玉ねぎをみじん切りにし、牛モモ肉を二センチくらいに切っておく。卵をボールに溶き、牛乳、塩コショウ、片栗粉を混ぜる。フライパンを弱火から中火で熱して、バターを溶かして溶き卵を流し込んで全体に広げ、焼けたら、そっとラップの上に置いておく。

虹輝は、テーブルで牛乳を飲みながら、なんか、ベーコンエッグにしちゃ遅いなぁ……って顔をしている。ヨシヨシ。

その間に、玉ねぎのみじん切りをしんなりするまで炒める。牛モモ肉も入れて、塩コショウ。いい感じに火が通ったら、ご飯と鶏ガラスープの素を加えて具と炒め合わせる。そして、フライパンの熱々の肌にケチャップを投入。一、二、三、四、五秒水分を飛ばして、ご飯と混ぜ合わせ完了。

美味しそうな匂いを閉じ込めるように、ラップに広げてあった焼いた卵にケチャップライスをのせて、形よく巻いていく。

オムライスの形に整ったら、お皿にのせ、そっとラップをはがす。我ながら、いい形をしていると思う。

虹輝が小さい頃、周子が作るオムライスに嬉しそうにケチャップでお絵かきしているのを思い出した。俺もケチャップで何か描いてやろうかと思ったけど……それは止めて置こう。本人に任せよう。

何がスペシャルかと言われれば……見た目はなんてことない普通のオムライスだけど、虹輝の決意への応援の気持ちを俺は込めた。

虹輝は、目の前に運ばれてきたオムライスに、ケチャップで絵を描くわけでもなく、言葉を書くわけでもなく、ただ普通にケチャップをかけた。なんだかちょっと大人になっているように思えて少し寂しさを覚えたけど、食べる時の笑顔は、小さい頃と変わってなくて嬉しかった。

それからというもの、虹輝は、自分なりに計画を立てて猛勉強を始めた。

深夜、部屋の灯りがドアの隙間から漏れている。ゲームでもしているのかと思えば、眠気と闘いながら勉強をしていた。風邪をひいたら休めばいいのにと思っても、虹輝は冷却シートをおでこに貼って頑張っていた。春夏秋冬、虹輝は誘惑に負けることなく、自分のペースで勉強を続けた。そしてようやく、受験を明日に迎えることとなった。

その日、俺はライブのために、都内のライブハウスにいた。

関係者用駐車場に車を止めて、栄太と機材を降ろす。冬の寒い日は手がかじかんで、これがまた結構しんどい。ふと背後に人の気配を感じて振り向くと、利也が、首をしきりに触りながら、他人ごとのように俺たちを眺めている。

どうやら寝違えたらしい。本番の日にやらかす利也は、らしいと言えばらしいと思った。とはいえ、人手が足らないわけだ。栄太は容赦なく手伝えと急かした。

「いやいやちょっと、本番に向けてちょっと今はやめとくわ……」

「ほんと？　大丈夫？」

利也の寝違えは、かなり深刻らしい。それなら本番に向けてエネルギーを温存してもらうしかない。仕方なく俺たちだけで機材を降ろすと、栄太が明日のことを話しだした。

「虹輝の受験、明日だよね？」

栄太はよく人の事情を覚えていてくれる。

「うん。まあ今度は大丈夫でしょ、きっとうまくいくよ」

「相変わらずだなぁ」

「まぁ今年がダメでも、来年があるわけだしさ。学校だけが全てじゃないわけだし」

これは本心だった。でも、なぜかそうならない確信があった。

「あー、でも心配じゃないの？」

今まで座って傍観していた利也が入ってくる。

「うまくいったらいったで、年下の同級生に囲まれるわけだし。俺もダブった時、居場所見つけんの大変で……」

これは俺も少し心配していたところだ。経験者の気持ちは、ピンポイントで刺さってくる。俺は思わず手を止めて、

「まあ、それは本人が一番覚悟してんじゃない……？」

きっとそれも踏まえて、虹輝は受験に再チャレンジすると決めたのだろう。そう思っていると、マネージャーの徳永が、ライブハウスの裏口から出てきた。

「楽屋開けてもらいましたよ、お願いします」

「はーい」

「ほいー」

俺たちは気合を入れて機材を運ぶ。徳永が慌てて駆け寄ってきたので、何も手伝えない利也のことを、俺は面白がって報告した。

「ねえ、なんか寝違えちゃったんだって」

「えー？」

徳永が呆《あき》れると、利也は機材を持とうとするが、「あいたっ」と悲痛の声。

「なんで？　なんで今日？」

徳永の気持ちは、みんなと同じだ。呆れながらも半分は面白い。

「どうする、帰る？　今日」と俺は突っ込む。

「……帰る？」

利也は戸惑っているが、それはそれで面白い？　と四人で大笑いした。

楽屋に向かいながら、俺は虹輝を思った。きっと今日もギリギリまで勉強しているだろう。俺は虹輝にエールを送りたいと思った。


日が落ちた。

『Ten 4 The Suns』のライブが始まる。

栄太のボーカル、利也のターンテーブル、俺のギターに、サポートメンバーのドラムとベース。ご機嫌なリズムが、暗闇からライトを躍らせる。

俺たちの登場に客も湧き立つ。

曲は、『It's all right』。

虹輝に届け。

忘れてしまっても　何かをなくしても
間違っていたけれど　すぐに取り戻す
It's all right　間に合えばいいのさ

It's all right　子猫のように
It's all right　笑える日が来る
It's all right

All Right, It's All Right
言ってもらえる　それが理想かい？
そんなの簡単には言えない
都合の良い話　ありえない
まだダメ　はじめない
意地張ってたって同じ世界
それより一歩前進
声上げ　状況をチェンジ
どんどん回る地球
代わる代わる理由つけてペンディング
だったらこの話いつまでもネバーエンディング
自分で描いていくストーリー

間違ったら言う　I'm Sorry
ポジティブ思考？　生きる希望？
I Don't Know
But, It's Gonna Be All Right

It's all right　一人じゃないのさ
It's all right　みんなと同じ
It's all right　笑える日が来る
It's all right

All Right, It's All Right
All Right, It's All Right
All Right, It's All Right
言ってもらえる　それが理想かい？
そんなの簡単には言えない
都合の良い話　ありえない

自分で描いていくストーリー
間違ったら言う　I'm Sorry
ポジティブ思考？　生きる希望？
わからないけど

♪


明日はついに入学試験日だ。

できる限りのことはやったのだから、もうジタバタしても仕方がない。僕は机に向かって、受験票を見つめた。

鈴本虹輝　受験番号０１４８
自分の写真が私服なのが、違和感があった。受験生にこんな私服の写真のやつなんかいないだろう。入学しても、周りは皆、僕より一つ年下だ。それが気になって、もう一回受験をするかどうか悩んだのも本当のところだ。

でもあの日、パパに高校受験をもう一度する決意を伝えた日。早朝、窓を開けてベランダから江の島の風景を眺めた。空の青さが気持ち良くて、清々《すがすが》しくて、空を摑《つか》み取るくらい背伸びをして日光を浴びた。そしたら、そんなこと、気にしてもしょうがない、って思えた。いくら考えても、今の僕には取り立ててやりたいことが見つからない。パパみたいに夢中になれるものがあるなら、高校に行かないでそれに没頭してもいい。でも見つからないなら……高校に行ってから考えてもいいよな。やっぱり……高校に行きたいって心から思えた。

その自分を信じよう。

僕はリュックに、参考書とスリッパ、ペンケースを入れて、最後に大切に受験票を入れた。早く寝ようと思ってベッドに入ったけど、すぐには眠れなかった。

試験当日の朝は、とてもいい天気だった。

パパは前日のライブで、家に帰ってなかった。そういうことはよくある。息子の受験当日の朝にいないなんてどうかな、とも思うけど、かえって気が楽でいい感じもした。僕は僕のペースで朝ご飯を食べて試験場に向かうことにした。

家の前の長い坂道を下っていると、段々緊張してくるのがわかる。なんとなく足取りがフワフワしてるというか……。そんなことを思いながら歩いていたら、パパの白い車が坂を登ってくるのが見えた。パパは僕の前で車を止めて、笑顔で窓を開けた。

「虹輝、気をつけてな」

パパはちょっと疲れた感じだったけど、その言葉で僕は少し緊張から解放された。

「うん」

僕はまっすぐパパの目を見て言った。そして僕はそのまま坂を下った。パパは僕の後ろ姿を見ていたのか、しばらくしてから車を走らせた。

僕はリラックスして試験を受けることができた。

結果は……。


この春、僕はたくさんあった参考書をヒモで縛って処分した。

部屋の中も、いらない物を片付けて気持ちよく掃除した。そして、真新しい制服のブレザーを、僕のクローゼットにくわえることができたんだ。

入学式までの間、僕は父さんと過ごすことが多くなった。

父さんは時間があると、よく階段の途中まで上がってきて僕に声をかける。

「虹輝、飯食いに行く?」

「はーい」

「そいじゃ待ってる」

「うん」

　僕は部屋の後片付けを済ませて父さんを追った。

　家の前の長い急な坂を、父さんは軽やかに降りていく。その後ろ姿を見ながら、相変わらずいつも変わらない人だなと思う。僕の高校入学が決まっても、特別何かをたずねてくるわけでもない。

　気になることはないんだろうか。本当はどう思っているのか、訊いてみようかと思ったら、父さんは大きく空を見上げて言う。

「あれ、飛行船？　あれ飛行船だよね？　珍しいね」

「違うよ、風船か何かじゃない？」

「そうか？」

　父さんは呑気《のんき》に空を見上げている。大体、人の言うことはほとんど気にしない。

　僕は長い坂を下りながら、ちょっと意地悪な質問をしたくなってきた。

「……父さん、なんでこんな坂の上に家買ったの？」

「え……？　気に入ったからだよ」

　父さんは立ち止まり、振り向きざまに言った。いつもそうだ。自分の感情だけでしか答えない。そう来られると、こっちは受け答えに困る。すると父さんは悟ったかのように、

「もっと、ちゃんと説明した方がいい？」ときた。

「いい。よくわかった」

ちゃんと考えてるなら、最初から言ってくれればいいのに。

僕は父さんを追い抜いて坂を下った。

着いたのは、父さんがよく行く焼き鳥屋さんだった。

僕も時々連れて来てもらう。テーブル席はほぼ満席で賑《にぎ》わっていたから、僕たちはカウンターに並んで座った。父さんは生ビールで、僕はウーロン茶を飲む。

大将がカウンター越しに、「はい、おまちどお！」と、生ピーマンを添えたつくねを出してくれる。ピーマンとつくねは一本ずつだ。

「おー、待ってましたー」

父さんは嬉しそうにつくねを受け取る。大将は「足りなかったら、どうぞつけて下さい」と七味を出してくれた。

「はい、ありがとうございます」と父さんがつくねを一つ串から外している間に、僕はピーマンを手に取り、バリバリッとかじった。父さんが、ピーマンに外したつくねを挟んで食べている間に、またバリバリッとかじると、父さんが思わず僕の顔を見る。

「生ピーマンだけでも美味しいんだよ」

僕がそう言うと、父さんは笑って、つくね挟みピーマンに七味をつけながら言った。

「……あ、そういえばさ、高校ってお昼どうなってんの？　給食ないだろ？」

「みんなコンビニとかで買うんじゃない？」

僕はまたピーマンをかじる。

「んー、虹輝はどっちがいいの？　コンビニか、お弁当。お弁当なら、俺が作る」

僕は、一瞬驚いた。そんなに簡単に言ってしまっていいのか？　コンビニよりお弁当のほうがいいに決まってる。ちゃんとできるわけ？　僕は試したくなった。

「……父さんの弁当がいい」

「おお……そっか！」

父さんは声を上げて嬉しそうに言うので、僕は思わず父さんの顔を見る。

「いい？」と僕はわざと念を押した。

「当然っ。三年間、毎日作る」

無理だ。なんでそうやって思いつきとか感情で言うんだろう。どうせ飽きると思うけど、やれるものならやってみて欲しいと少しいじわるな気持ちで言った。

「ありがとう」

僕は意外な展開に戸惑って父さんから顔を背けると、父さんはまだ続ける。

「そのかわりさ……お前も三年間休まず、学校行く？」

そういうこと？　交換条件ということか。受けて立つ。

「……わかった。約束する」

「おお。約束だ」

いつになく真剣な眼差しで頷く父さん。僕たちは、まるで約束のしるしみたいに、それぞれの残りのピーマンを同時に平らげた。父さんは満足そうに、

「大将、ピーマンだけもう一つ」と注文した。

僕は、父さんのお弁当が、これからの高校生活をあんなにも彩るなんて、この時は考えもしなかった。

全てのきっかけはおべんとう、の一年生

虹輝の高校入学式も終わり、いよいよ明日から弁当の出番だ。

なぜ俺が三年間、毎日虹輝の弁当を作ろうと思ったのかというと、ひとつは、虹輝が高校受験で戦っている時、ライブで忙しくて家にいられないことが多くて、同じ方向を向いてやる時間を十分に持てなかったからだ。それは高校に入ってからも続くわけだが、それでもできるだけ、どこかで虹輝が俺と繋がっていると感じていて欲しい。

俺のできることで、虹輝の高校生活を応援したいと思ったんだ。

食べることは大切だ。

栄養をつけて、その日が一日、いい日だったと思えるようにしてやりたいから。

俺はやる気満々で、弁当作りに欠かせないものを買い集めて、テーブルに並べた。大小揃いの新しい鍋にフライパン、時短に便利な圧力鍋。他にもあるが、まずは、献立表となるマグネット式のスケジュール表を冷蔵庫に張り付ける。この一カ月分の空白欄が、弁当の献立で埋まっていくのが楽しみで仕方がないじゃないか。なるべくバリエーションの多い弁当にしたいので、お弁当作りのおかず本も何冊か買い集めた。そして、何よりも重要なのは、弁当箱だ。蓋《ふた》を開ける喜びを追求したいわけだ。

俺は椅子に座り、神聖な気持ちで選んできた弁当箱を手に取る。最初は、塗りが美しい綺麗な曲げわっぱだ。

「よしっ！　おお～」

美しさに思わず声が出た。お次は、二段式のステンレスの弁当箱。光輝くような機能美も悪くない。最後は、福岡の二段式の曲げわっぱ。柔らかい木の風合いが何ともいえない。俺は思わず、曲げわっぱの蓋を開けて、木の香りをめいっぱい吸い込む。良い香りだ。初日は、この曲げわっぱにご登場いただこう。

翌朝、いつもより早く起きるのも、まったく苦にならずに目が覚めた。

昨夜、タイマー予約した炊飯器を開けると、艶々《つやつや》した白米から湯気が立ち、美味しそうに炊き上がっている。それをしゃもじで軽く混ぜると食欲が湧いてくる。俺は冷蔵庫から、ほうれん草、三色ピーマン、オクラ等を取り出してメニューを考えた。

「さてと……」

まず、ほうれん草と三色ピーマンをボールで洗う。
ほうれん草は五センチほどに切り、三色ピーマンは、それぞれみじん切りにする。
みじん切りの三色ピーマンを鶏ひき肉と混ぜ合わせ、ころころと丸めて焼く。
彩りのあるつくねの誕生だ。蓋を開けた時の彩りは、食欲をそそるのに重要だ。
次は、人参をピーラーで平たく剝いて、オクラに巻く。
さらにそれに豚のロース肉を巻いてフライパンで焼く。オクラの肉巻きの誕生。
これを輪切りにすると、オレンジと緑の綺麗な星形が現れるのだ。
次に、フライパンで海老とほうれん草を炒めて、塩コショウ味に。
塩昆布入りの卵焼きは、卵焼き用フライパンで、ふんわりと層を重ねる。
ご飯は、ヒジキと枝豆の混ぜご飯にした。
料理が冷めたら、それらを曲げわっぱのお弁当箱に詰めていく。

この作業も、どこに何を入れれば美味しそうか、彩りが映えるか、そのバランスを考えながら入れていくのが実に楽しい。食材の赤、緑、黄色の配色は実に大事だと思う。

「よしっ」

出来上がった。弁当作りは、朝からなんてクリエイティブなことをしているんだ！　と思える。なんだかこのまま蓋を閉めるのももったいない気がして、俺は思わず、出来上がった弁当の写真を撮ることにした。

一枚、二枚、と撮るが、弁当を写真に撮るなんて初めてのことだ。どういう構図なら美味しそうに綺麗に撮れるのかわからず、夢中で撮り続けた。

「おはよう……」

声に反応し、「おはよう」と返すが、写真を撮る手は止まらない。

「父さん……父さん」

「ん？」

ハッとして振り向くと、虹輝が制服姿にカバンを持って立っていた。

「ああ……あ、ほら、お弁当ってさ、冷まさないと蒸れちゃうらしいから、まぁ、そいでついでに……」

夢中になっていたことは照れ臭いが、つい本音が出た。

「思ってたより出来が良かった」

正直に言ったのに、虹輝は無反応だ。

初めての弁当なんだから、もうちょっと食いついてくれよ、と思うが、俺は照れ笑いをしながらお弁当に蓋をして、弁当袋に包みながら言った。

「あ、そうだ。ゆうべさ、シチュー作って冷蔵庫に入れといたから、夕飯温めて食べてな」

「わかった」

「じゃあ、いってらっしゃい」と虹輝にお弁当を渡す。

俺は虹輝の目をまっすぐ見つめた。

虹輝は、なんだか覇気のない感じだ。まだ友達もできずに不安なんだろうと思い、

「いってきます」

俺は、虹輝の肩を軽く叩いて元気づけた。

午後は、『Ten 4 The Suns』とファッションブランドとのコラボによるグッズ制作の企画会議だ。マネージャーの徳永と打ち合わせに向かうと、プレスの恭子と彼

女の部下の沙知と四人の会議になった。二人とは、以前も仕事をしたことがあるので知った仲だ。話も一段落して休憩タイムになりそうな頃、恭子から思いがけないことを言われた。

「私、ホント昔からTen 4のファンで」

「え」

「一樹さんのインスタ見てます。今日のちょっと感動です」

俺が若干ビックリしていると、徳永が即座にスマホでインスタを見ながら会話に入ってくる。

「あ、見ました？　シビれますよね？」

「惚れます」

恭子は屈託なく笑っている。

「いやいやいや、そういうんじゃなくて」

俺は恥ずかしくなって笑うしかなかった。なぜなら、つい、初めての弁当作りの記念にと、作った弁当の写真をインスタに載せてしまったからだ。

「これから毎日お弁当作るんですか？」

「ああ、まぁそうだね」

「わー楽しみ！」

「うん」沙知も頷いている。

「チェックしまーす」

いやいや、そこまで期待されても困る。

俺は笑って誤魔化した。

「まぁ初日ではりきり過ぎちゃったから、上げただけでさ」

「えー、これからも見たいなー」

「うん、毎日上げた方がいいですよ」

徳永は、マネージャーとしてそういうところは抜け目ない。

「いや、いいよそういうの。だってウザくない？」

自分で写真を上げておきながら、こういう展開は予測してなかった。徳永は答えるわけでもなく、「あれ？　これ……虹輝君？」と、インスタのコメントを俺に見せた。そこには、『二つ食べれそうです！』『お弁当作り上手いですねー』などのコメントに混じって『本当に美味しいですよ』のコメントがあった。

アカウント名は、〈suzumoto_kooki〉とある。

「お……」

俺は思わず声が漏れた。

「息子さんですか?」

「うんうん」

虹輝が俺のインスタを見てるなんて……。女性たちは「へー!」と感心している。内心、俺も感心してしまう。徳永に「ですって」とからかわれ、俺は素直に嬉しくて、その虹輝のコメントを見つめた。

虹輝が見てるなら……毎日インスタに写真をアップするのも悪くないと思った。

それからというもの、毎日の弁当の写真を撮るのも力が入った。

弁当箱のバリエーションも変えてみることにした。今日は、ステンレス製の二段式弁当箱だ。虹輝の好きな卵焼きもバリエーションを変えて、海老に肉に魚に、きんぴらごぼう。白米には梅干しも欠かせない。ステンレスの弁当箱に収まった料理も美味しそうだ。

カシャッ。俺は写真を撮る。自己満だけど……最近はうまく撮れるようになってきた。虹輝が蓋を開けた時の喜ぶ顔が見たいものだ。

俺の凝り性はとどまるところを知らず、スキあらば、弁当のメニューを考えてしまう。できれば、同じおかずを続けては作りたくない。

『Ten 4 The Suns』のコラボTシャツ制作の打ち合わせでも、ついつい、インスタのお弁当の写真を見てしまっていた。

「一樹さん、どう思います？」

「ん？」。しまった、何の話だろうか。

「ん？　じゃなくて」

徳永に突っ込まれる。

「え、聞いてなかったんですか？」

プレスの恭子にも突っ込まれ、俺は思わず「へ？」と声が出た。

「心ここに在らず」

恭子の追い打ちに、皆が呆れて苦笑いを浮かべながら俺を見る。すると沙知が、

「あ……お弁当だ」と疑惑の目を向ける。

図星だ！　徳永も恭子も、疑惑の内容を納得する目だ。俺は開き直ってアンケートをとってやろうと思った。

「あのさ、午後からテンション上げようと思ったら、何食べたい？」

逆に質問された皆が呆れて笑っている。それでも俺の飽くなき探求心はとどまら

ず、

「いやいやいや、これがさ、食材とか、彩りとか、さすがに晩飯とかぶるのは嫌かなぁとか、朝から結構クリエイティブに頭使って大変なのよ」と力説をする始末。

「こっちにもその頭、ちゃんと取っといてくださいよ」

「そうですよ」

徳永と恭子の言うことはごもっともだけど、Tシャツのデザインを考える分の頭は俺的にはちゃんと取ってある。

「や、それは取ってありますよ」と自信満々の俺。

「いや取ってないでしょう」

「だからやってるじゃない」

目の前のデザイン画案の数は真剣な証拠です。

Tシャツはシャツ。弁当は弁当。凝り性はどちらも同じで妥協したくない。ちょっと心配はされるかもしれないが、こういう風に目の前のことをこだわって楽しむ流れが、良いモノを生むと俺は信じていたりもする。なんだかんだ言って、そんな俺を理解してくれるスタッフに感謝の気持ちが湧いた。

ともあれ……明日の弁当のメニューは何にするかな？

「穏やかで節度ある校風は、創立以来受け継がれ……」

♪

校長先生の入学式の祝辞はピンとこない。今日から三年間の高校生活の初日にかけてくれた言葉はありがたく受け取るべきなんだよな、この日を思い出して、感慨深くなるような日が来るのかなとか、僕はぼんやりと考えながら聞いていた。

入学式の後、僕が想像してきたことが、そのまま現実となった。

僕は少しドキドキしながら自分の教室に入った。みんな、それぞれ初対面が多くて、期待と不安でそわそわしていたけど、すでにグループになっておしゃべりをしている生徒たちもいた。僕自身、これから友達ができるのか不安に思うほうだから、こういうスピーディーに友達をつくれる人達とは、馴染めないなと思ってしまう。

僕は、自分の席に着こうとして、同じ中学校出身の二人の後輩と目が合ってしまった。

「あ、先輩」

その声に、ハッとする。するともう一人が、「だめだよ……」と小声で相手をたしなめて、二人は気まずそうな顔をしている。僕は聞こえないフリをして、自分の席に座った。

これは、僕が想像していた、入学式当日のシミュレーションの一つだ。元後輩が同じクラスにいる可能性は大いにあった。気にするのはやめようと思っていたのに、伏し目がちになっている自分が嫌だと思った。きっとこれから、僕が一年年上であることは、皆が知っていくことだ。また同じようなことはあるだろう……。覚悟しておこうと思った。

翌日、父さんのお弁当作りが始まった。

本当に有言実行するんだ、と感心したけど、僕の存在に気が付かないくらい、自分で作ったお弁当の写真を撮っているのには、若干引いてしまった。でもそれは父さんのよくあるパターンで、熱中していると周囲に気が付かないことが多いんだ。

どうやら、自分で思ってた以上に上手くできたらしく、父さんは嬉しそうにお弁当をお弁当袋に包んで僕に渡してくれた。

リビングには、美味しそうな匂いがまだ少し漂っていた。

「じゃあ、いってらっしゃい」

「いってきます」

僕がお弁当を手に取ると、父さんは軽く肩を叩いてくれた。

なんとなく緊張がほぐれたような気持ちになった。

昼休み。僕は誰かと一緒に弁当を食べるわけでもなく、自分の席で父さんのお弁当を食べることにした。お弁当箱の蓋を開けると、想像以上に彩りのある美味しそうなおかずが並んでいる。断面が星形の肉巻き！　オクラの緑と人参のオレンジが可愛い。これは確かに写真を撮りたくなるかも。午前中の緊張も解けて、食欲がぐんと湧いてきた。僕の好きなモノが並んでいてテンションが上がる。大好きな卵焼きから食べる。そしてご飯を一口……そして肉巻き。

美味しい！　冷めても美味しいのはすごいことだ。夢中になって食べながら、ふと、お弁当の写真を撮っていたってことは、父さんはきっと自分のインスタに載せてるな、と思った。

僕は食べながら、父さんのインスタを見た。案の定だ。コメント欄は、『美味しそう』『二つ食べれそうです！』とか、お弁当を褒めたたえる言葉の連続だった。父さんの得意げな顔が目に浮かぶ。確かに、こんな美味しいお弁当を作れるなんて、大したもんだ。このお弁当を食べて、リラックスできたのも感謝だなと思い、僕はコメントを残した。

『本当に美味しいですよ』

これがいつまで続くかわからないけど。真実だけは伝えておこうと思った。

ところが。父さんのお弁当熱はとどまることなく、おかずのバリエーションが多いだけでなく、お弁当箱まで日によって変えてくれていた。必ず入っている大好きな卵焼きも、ちゃんと味が毎日違う。相変わらず僕は一人でお弁当を食べていたけど、昼休みの時間が楽しみになった。

ある朝、いつもより早く起きると、父さんはもうキッチンでお弁当作りをしていた。

「……あぁ！　うわ！」

父さんの上ずった声がする。

「わー！　やっちゃったー！　あーどうしよう……」

叫んだかと思うと、大きなため息に変わる。なんか入りづらいな、と思ったけど、入らないわけにもいかない。僕が起きたてのボサボサ頭でリビングに入っていくと、父さんは、なんだか妙な動きをしてガスコンロの前でジタバタしていた。

「おはよう」と僕は声をかける。

「ああ……おはよう」

なんだろう、この変な間。あれ……なんか焦げ臭い。そうか、なんか焦がしたのかもしれない。そろそろお弁当作りにも疲れてきたのかもな。

とりあえず、何も触れずに、僕は黙って冷蔵庫から牛乳を取り出した。

昼休み。皆グループを作ってお弁当を食べたり、教室がわいわい賑やかになるけど、僕は相変わらず自分の席で、お弁当を食べる。

今日は二段重ねの曲げわっぱのお弁当箱だ。

上の段をそっと取ると、下の段には白いご飯と梅干し、ヒジキの煮物が出てきた。

上の段の蓋を取ると、卵焼きに、海老とスナップエンドウの炒めもの。赤ピーマンと黄ピーマンの炒めものに、オクラの肉巻き。相変わらず星形が綺麗だ。そして焼いたお肉。見たところ、焦がしたものはなさそうだ。

あれからまた作り直したのかな……。

今日も美味しそうだと眺めていると、後ろの席の文也と郁人が、僕の方に身を乗り出して言った。

「うわー、ほんといっつもすごいね、鈴本くんのお弁当」

「いやマジ。うちの母親も料理教室とか行ってほしいなー」

これは父親の料理だけどね。それは誉め言葉なのか、なんなのかわからない。二人の声に、隣の席の理香と美月も、僕のお弁当に反応する。

「ねえ、中学の時からずっとお弁当だったの？」

理香がそう言うと、皆が急に黙り、理香を見る。ダメ！　だって、一浪してるんだから！　みたいな空気になって、理香は美月に腕をひっぱられ、ハッとして言い直す。

「や、ずっとっていうか、あの、いつも美味しそうだし……」

またか……。そんなに一浪が珍しいのか？　そういう風に気を遣われると、なんだか僕が悪いみたいじゃないか。僕はいいようのないイラつきを覚えた。

「……うちの親、新しいことに手出すのが好きなだけなんだよ。弁当作りたがってたから頼んだら、やっぱりはりきっちゃって。でももう飽きてきてるし。それまで俺が付き合ってあげてるだけ」

なんで早口なんだ。なんで言い訳なんだ。

言われた理香は困った感じで「そうなんだ」と小声で言う。

「そうなんだよ。あ、今のうち食べとく？　まだこれ、箸つけてないし」

僕はつっけんどんに、弁当箱を理香に突き出した。

「いいですっ、いいですっ、食べて下さい。もうすぐお弁当じゃなくなるなら、よけい」

理香は、急に敬語で話し出す。またか、そういうの止めて欲しいと思ったら、「うわー失敗したー。これクソ甘い」ってバカ大声でふざけた二人組が教室に戻ってきて、僕の背中にぶつかってきた。

「あっ、ごめん、なさい」

僕の顔を見た途端、敬語だ。そいつは田辺章雄《たなべあきお》だった。

クラスの中でも、ちょっとお調子者のタイプだ。どいつもこいつも、敬語使うのは止めて欲しい。そう思ったら、

「すんません」と、また謝る章雄。

「すいません、すいません」

もう一人は、同じ中学の元後輩だ。結局、お前が僕の話をしてるんだろうな。

「すんませんでした」

章雄は軽く頭を下げて、何かを言いたげな顔をしながら、元後輩を掴んで、「来い、お前はよ〜」と逃げるように去っていった。

僕は気を取り直して、一人で弁当を食べようと思った。箸を出して、弁当に手を合わせた。

「いただきます……」

結局、また一人なんだ。この方がよっぽど気が楽だと思った。

弁当を食べ終わると、昼休みの残りの時間は、校内をいろいろ歩いてみたりする。まだどこの棟に、なんの教室があるのか全て把握してないからだ。午後の授業の教室に早く行こうと思い、西側の階段を上がった。すると女子生徒三人組とすれ違った瞬間、その中の一人に声を掛けられた。

「ねぇ！　コーキじゃん！」

僕は、どこか聞き覚えのある声に立ち止まった。

「ここ通ってたんだぁ。全然知らなかった」

「……柏木《かしわぎ》」

その声の主は、中学の同級生の柏木礼奈《れな》だった。僕が戸惑っていると、

「そっか後輩か虹輝！　それじゃあ、柏木さんって呼びなさい」

礼奈は、ふざけて言う。

「はい、先輩」

僕もなんかおかしくなって、礼奈にのっかってみた。礼奈の人懐こい笑顔は、中学の頃と変わらないと思った。

「なんかチョー嬉しい。ここさ、三中の子少ないんだよね」

そうなんだ。それは僕にとってはいいことかも。そう思っていると、先を歩いていた礼奈の友達が、「礼奈、早く行こ?」としびれを切らしていた。

「あ、行く行く! あ、ねぇコンビニ行く?」

礼奈が誘ってくれる。

「あ、俺弁当食べてきたから」

「お弁当なんだ、いいじゃーん、羨まし—。また今度ね!」

「うん」

礼奈は、笑顔をふりまきながら、友達に合流した。礼奈の友達は、僕の存在が謎のようだ。

「ねぇ」

「ん?」

「誰?」

「中学一緒だったの」

「ええ〜〜」

「あ〜そういうこと」

「え、何? 何だと思ったの?」

全部聞こえてるけど。嫌な気持ちはしなかった。礼奈の後輩としての再会になったけど、クラスで敬語を使われるより、よっぽどいい。

礼奈は、階段を小さく跳ねながら降りる。

僕は、そのたびに微《かす》かに揺れる長い髪を見つめた。

礼奈は中学の時から人気者だった。いつもグループの中心にいるタイプだ。同じクラスだったけど、僕は正反対のタイプだったかも。だから、そんなにたくさん話したことがあったわけじゃなかった。それでも話す時は、普通に接してくれる子だった。

明るくて屈託がないのは以前と変わらないけど、高校二年生になっている礼奈は、ちょっと大人っぽくなっていて、綺麗だった。


♪


『Ten 4 The Suns』のコラボTシャツ制作は、デザインが全て決定した！

皆の辛抱強い協力があってこそだが、我ながら、いいデザインに決まったと思う。こういう喜びと安堵感は、何回味わってもいいもので、このために徹底的に考え抜いて、イメージを作り上げている。そして、この喜びを皆で酒を呑んで分かち合うわけだ。俺と徳永、プレスの恭子と沙知とで、居酒屋に打ち上げに行った。

解放感が溢れて、時間を忘れて楽しく呑んだ。

店を出た時には、夜も白々と明けていた。沙知が会計をしてくれているのを、入口の外で三人で待つ。俺はすっかり気分が良くなって、何だか知らないけど気が大きくなった。

「今ならいけそうな気がする」

なぜか俺は背中をのけ反った。

「やめてください、ホントに」

恭子が笑いながら俺を制止するのを、徳永は楽しそうに見ている。俺は徳永が、いい仕事ができた時に、満足そうな顔で笑うのが好きだ。

「何笑ってんの〜」

俺も嬉しくなって突っ込むと、一緒になって皆笑う。楽しい時間は、とにかくなんでも笑える。三人で馬鹿やってると、沙知が会計を済ませて出てきた。

「あ、ごちそうさまです」と俺。

「あ、どうも、ありがとうございます」

徳永と俺は、御相伴にあずかった。

「いえいえ、打ち合わせ費です」

沙知もいい感じに楽しそうだ。

「よし。じゃあさ。朝飯食いに行っちゃおうか！」

俺の気分は、今日をこのままでは終わらせない。

「え？」驚く徳永。

「は？　行きます？」

恭子は、まんざらでもない感じでノッてくるが、

「でも大丈夫なんですか？」と、間髪入れずに聞いてくる。

「何ツレない話してんの」

水差すようなこと言うなよ～と思っていると、徳永が言う。

「あれ？　一樹さん、お弁当もう諦めたんすか？」

「何言ってんだよ」

「お弁当」

「あ、そうですよ。お弁当あるでしょ？」

確かに。それを言われると俺は弱い……でも、この気持ち、達成感を皆で分かち合う、この楽しさは今しかないわけで。

「いいよ、いいよっ。じゃあ……サッと行こう、サッと行こう！」

「えー、いいんすか⁉」

「いいんですか？」

徳永、恭子、もはやそれを言ってくれるな。

「いいよ、ほらもう」

俺は、徳永の頭に自分の帽子を被せた。

「ほら、ね」と声をかけると、皆笑っている。

そのまま俺は、徳永と肩を組んで歩き出した。

「今を楽しく生きないと、ね、人間は成長しないと……」

「もう成長しなくていいんですよ」

徳永の突っ込みもわかる。でも、楽しむことで人生は開ける。俺はそう信じている。

だが……楽しいことの後は、厳しい現実もやってくる。

軽く朝飯を食べて店を出ると、すっかり、空には太陽が顔を出していた。

俺は慌てて家に帰った。虹輝が学校に行く時間まで間もない。

すぐさまキッチンへと向かい、冷蔵庫を開ける。

「えーっと……ん――……」

さっきまで呑んでいた陽気な頭の中を整理して、食材と睨《にら》めっこだ。メニューを決めて食材を取り出した。

「よし」

卵に、お肉に、小松菜を取り出して、食材をボールで洗い、お次はフライパンを出して、と焦っていると、虹輝が制服姿でリビングに入ってきた。

「あ、ただいまっ」参ったな、この場を見られるとは。

「おかえり。おはよう」

「い、今から作る」

「いいよ。無理しなくて」

虹輝に冷静に言われると、余計に焦る。とはいえ、無理はしない方向にしよう。

「パンでいいか？」

「うん」

おっと！　カバンもまだ肩にかけたままだ。俺は慌ててカバンを下ろす。

「えーと、これオムライスにすっか……えっと、パンはオッケー。あとはいろどりだな、いろどり。赤い物、赤……赤……赤は……」

頭の中が、そのまま口から漏れて独り言になっている。俺はなりふり構わず、お弁当を作り始めた。

出来上がったお弁当を包んで虹輝に渡すと、一気に気持ち悪さが込みあげてきた。毎度のことだが、二日酔いは、やってきてからでないと後悔しないものだ。

虹輝は俺を呆れた様子で見ている。確かに言い訳のしようがない……ちゃんと送り出そうかとも思ったが、ダメだ、やっぱり気持ち悪い。俺は虹輝が出かけた後に、ひと眠りすることにした。

数時間後、目が覚めるとスッキリしている。二日酔いの後悔は、長続きしないところが良いところだ。

今日の弁当にいつものこだわりは皆無だった。虹輝に悪いことしたな。今日は休みなので、晩飯はちょっと趣を変えてみようと思い、俺は買い物に出かけた。

線路沿いの道を自転車で駆け抜ける。いつ通っても気持ちがいい道だ。時々電車と競争したりなんかして。

自転車のカゴの中には野菜が入ったレジ袋。すっかり主夫って感じだ。次に目指すは、魚屋さんだ。

魚屋の脇に、いつものように自転車を止める。店では、先客が店主のおやじさんと話し込んでいる。こういう時は、オススメがあるはずだと俺は見込んだ。

「あ、こんにちはー」

俺が声をかけると、二人は明るく「こんにちは」と返してくれる。

「どうも」

よく顔を合わせる奥さんだ。

「あ、どうもどうもどうも」

「今日ね、良いのがあるんだって」

「へぇー」

待ってました。その言葉。

「この真鰯《まいわし》おっきいよね～」

「おお～」俺は覗き込んだ。

「あ、あとね、このチアジ、ジアジじゃないんだって。チアジなんだって」

ちょっとしたウンチクを言わないと気が済まないらしい。

「チアジねぇ～。どうしよっかなぁ」

「あ、あとさ、このカレイもいいらしいよ」

奥さんは、まるでここの女将さんみたいに、おやじさんの代弁をしている。俺はちょっと面白くなって、「おじさんどう思います？」と聞いてみた。

「今日はね、真鰯がね、久しぶりに、太ってていいですよ」

「鰯……いいっすね。じゃあ鰯二本！」

ここはひとつ、おやじさんのオススメにしておこうと思った。

「いいよね～私も買っちゃった！」

奥さんは満面の笑みで満足そうに話す。その気持ちを共有できるのも楽しいものだ。

帰りは、この鰯を使ったメニューを考えながら家路についた。

♪

そろそろカウントダウンに入ったのかな。

ある朝、僕がリビングに行くと、父さんが慌ててお弁当作りを始めようとしていた。カバンも肩に下げたままで、いかにも朝帰りじゃないか。無理して作らなくてもいいのに、父さんは必死になっていた。

出来上がったお弁当を、僕の目の前で包む。

「……うー気持ち悪りぃ。はい、はい入れます」

箸入れを包みに差し込む。

「はい、完了！　いってらっしゃい」

父さんは僕にお弁当を渡したかと思うと、そのままソファに直行する。

「あ〜……あ〜……」と眼鏡を外してソファに倒れ込んだ。

「あ〜呑みすぎた〜」

なるほど。朝まで呑んでいたわけか。よくそんなに気持ち悪くなるまで呑むよ。気が知れないと、僕は呆れた。

「気持ちわりぃ〜……おやすみなさい……」

なんだか自分まで気持ち悪いような気がしてくる。僕は早々に家を出ることにした。

昼休み。ちょっとドキドキしながらお弁当箱を開けてみた。

なんと、オムライスのど真ん中に、梅干しがのっている。おかずは、焼いたお肉に、ごろっとしたブロッコリーに、小松菜の炒めもの？　だけだ。

「……」

いつものとのギャップがありすぎる。

戸惑っていると、どこからか、「梅干し？」と疑問の声がした。

誰だ？　文也か？　郁人か？　僕はあたりを見回した。

理香と美月は、僕のお弁当を見ないようにしている。

これはまずい、僕も見られたくない。僕は皆と視線を合わせないようにして、お弁当を隠しながら無言で食べた。

これからこういう感じになっていくんだろうか？　それなら早めにお弁当作りを止めて欲しいと思った。

翌日、寝起きでリビングに行くと、静かだった。どうやら父さんもいない。

「……終了かな……」

やっぱりそうか、意外と早かったな。こっちから切り出さなくて良かったと思いながら、冷蔵庫から牛乳を出し、グラスについで飲もうとして、ふとデスクの上のお弁当に目が止まった。

脇には、本屋のポップのようなメモが添えられている。

『旬をおいしく食べよう！　自信作！』

父さんはお弁当を作ってから出かけたのか。めげない人だなぁ。父さんはいつも僕の予想を超えてくる。お弁当袋も新調してくれたようだ。僕は普通に感心してしまった。

昼休み。今日のお弁当は自信作と謳《うた》っている。僕はワクワクしながら、お弁当袋の結びを解くと……ん？ なんだか妙な臭いがしてくる。お弁当箱の蓋を開けると、そら豆の炊き込みご飯だった。

「くっさ……」

僕は思わず、顔を歪《ゆが》めた。

この臭い、食べ物じゃないよ……どうしようと思っていると、

「あれ⁉ なんか臭くなーい⁉」

章雄がいち早く騒ぎ出した。

僕は焦って、周りの反応を窺《うかが》うと、「くせー」「くせぇよな」と皆が騒ぎ出した。

「足の裏の臭い」

「え？ 章雄の足じゃないの？」と女子が言う。

「は？ バカじゃないの？ おい、嗅いでみろ」と、章雄は女子に自分の上履きをポーンと投げ出す。「やだあー」と女子がまた騒ぐ。

僕はもう一度、お弁当の臭いを嗅いだ。

どう考えてもこの弁当が異臭を放っているのは確かだ。僕は慌てて蓋をした。

それでも、章雄の犯人捜しは止まらない。

「おーい、どこだよ、どこ、異臭騒ぎ～異臭騒ぎ～！」

章雄は立ち上がってまで騒いでいる。そんな章雄を、「うるさいよ」と文也が制しているけど、僕は気が気じゃない。

「なに？　だからやばいでしょ？　よし、非常ベル押しにいくぞ～」

章雄は、異臭騒ぎが面白くてしょうがないんだ。「よけいなこと、おもしろがってんなよ！」と郁人が止めに入るが、章雄は僕に近づいてくる。章雄が僕の弁当が異臭騒ぎのもとだと気づくのは、もう時間の問題だ。

「撤収！　撤収しまーす！」

僕は大声で叫び、急いで弁当箱を抱えて教室を出た。

「やばいって」

「なに弁当だろう？」

「ほんと臭かった」

そんな女子の声が、走り出す背後から聞こえた。

さっき、文也と郁人は、僕をかばってくれていたのかもしれない。

でも、それに感謝する勇気が僕にはなかった。きっと、逃げ出した僕を、面倒くせぇ、とか思ってるかもしれないと思った。

その日の午後の授業は、教室にいることがものすごく居心地が悪かった。

家に帰ると、ギターの音色が聞こえた。父さんがいる証拠だ。僕はすぐに父さんの仕事部屋に向かった。

僕は、ゴンゴンゴン！ と勢いよくノックをする。父さんの返事と同時に部屋のドアを開けて、勢いよく中に入った。

「もうそら豆はやめて！」

「は、何？ どうした？」

父さんは、僕の怒りに戸惑っている。

僕は、食べなかった弁当箱を開けて、父さんに突き出した。

「わっ、臭っ！ 足の裏の臭いみたい」

その通りだよ！ 父さんのお洒落な部屋に、似合わない臭いが充満していく。父さんは、そう言ったかと思うと、アッハハハと、大笑いしながら部屋の窓を開けはじめた。

「笑いごとじゃないよ！ 教室中この臭いだよ」

僕の訴えに、父さんは呑気に窓の外をながめる。

「あーあれだ、蒸れちゃったんだ。あーもう夏じゃん。これじゃバッグも臭くなってんだろ？」

もうぅ、だからそうだよ、その通り。むしろそれを言って欲しくない。

「危うく非常ベル押されるとこだったんだからっ」

僕は思い出したら泣きたくなってきた。それなのに父さんは、アハハとまた笑い出す。

「っていうか、これだけ臭いと、俺、もう笑いが止まらない」

僕は笑えない。笑いが止まらない父さんを冷ややかに見た。

「父さんの楽しいことが、他の人も楽しいと思わないでね」

僕は、そら豆弁当を父さんに突き出して渡した。ポカンとしている父さんをおいて部屋を後にした。

その後、父さんがそのお弁当をどうしたかは……知らない。知るもんか。

♪

夏本番になった。

この夏、『Ten 4 The Suns』は新しいアルバム制作に取り掛かった。

レコーディングは楽しい。自分の中にうごめいてる音楽が、一気に外に放出される瞬間。ライブの熱量のある音楽とはまた違う、選《え》りすぐりの最高の音をファンに届けることができる。俺は、レコーディングスタジオのブースの中でギターをかき鳴らした。

何度かテイクを重ね、コントロールルームで皆と音源を確認する。その瞬間が緊張するけどまた楽しい。利也と栄太は、ソファでリラックスして聴いている。マネージャーの徳永は、一番端で全体を見ている。彼が何も言わない時は、うまくいっている証拠だ。俺は、ディレクターの茂木《もぎ》の横に陣取り、ミキサーの矢島真香《やじままなか》がオペレーションするテイクを聴いた。

一通り音源を聴き終わると、茂木がテンション高めで言った。

「うん、いいんじゃない？　ね？」

「んー……」

悪くはないけど……。皆は頷いているが、俺はもっといいのが出るような気がした。すると茂木が、真香に意見を求めた。

「あのさ、真香ちゃんは、今のテイクどう思う？」

「え、私ですか？」

真香は急に問われてビックリしたようだった。

「あのね、正直に言っていいよ。この人達打たれ弱いけど」

メンバーは笑ってるけど、意外と図星だったりする。そこまでお見通しなら、俺はもう一回、テイクしたいと思った。

「ワンモア、ワンモア！　ワンモア、いいっしょ？　ね、ね、ね、ね？」

俺が、茂木やメンバーに懇願すると、皆が呆れて笑い出し、利也が言う。

「今の良かったでしょ？」

「えー？」

もっといいのが出るはず。俺はだだをこねる。

「何回やる気？」

「いや〜、なんかもう楽しいんだもん」

俺は思わず、本音が出てしまった。

「何がそんなに楽しいの？」

栄太が笑っている。

「ん〜なんだろう。夏休みの解放感？　正直さ、自分がこんだけ弁当に支配されてるとは思わなかったわけよ」

「自分が約束したんでしょ？」

利也の言うことはごもっともなのだが、やりだすとこだわらずにいられないのが、痛い所だった。手を抜けない性質なのだ。だから、夏休みだから作らなくていいという免罪符がありがたいのだ。

話を聞いていた茂木がすかさず、虹輝のことを訊いてきた。

「虹輝君とは夏休み、どっか行ったりしないんすか？」

「んーだって、向こうは一日中ゲームやってっからさ」

「え？ それって引きこもりってこと？」

利也は急に真面目な顔をする。

「や、楽しいって言ってんだからいいんじゃないの」

「よくないでしょ。引きこもりだよ、それ。夏休みに誤魔化されてるだけ」

栄太まで同調してくる。

「もう弁当作らなくて済むかもな」

「ずっとねー」

「……」

二人とも、嫌なことを言う。

虹輝が引きこもり……？　そういう社会的な問題に、我が息子が当てはまってしまうのか？　と、一瞬戸惑いを覚えた。するとその時、真香が口を開いた。

「あ、プチトマト……」

「プチトマト？」

茂木が、耳を疑ったような感じで聞き返すと、真香は真剣な顔で答えた。

「プチトマトはヘタをとった方がいいんですよ。雑菌とか付くんで。私、一樹さんのインスタ見てて、ずっとそれが気になってて」

俺は、遠慮しながらも一生懸命話してくれる真香が微笑ましくなって、つい笑ってしまってたずねた。

「ていうか、今のテイクじゃなくて、お弁当のアドバイス？」

俺がそう言うと、真香はハッとして照れる。

「あ……今までの感じだと、次がベストテイクだと思います」

嘘のない力強い言葉だと思った。

「俺もそう思う。よし、じゃあ行ってくる」

「はい！」真香は嬉しそうに笑う。

俺は立ち上がり、ブースに向かおうとした。すると、利也と栄太が、足を伸ばして俺を挟み込み阻止する。

「ちょ、ちょ、ちょ、ちょっとぅ」

俺は負けずに抵抗する。

真香は楽しげに笑いながら、俺たちを見ている。いいオッサンでも、こういう時は中学生と同じだ。

利也と栄太は、「もういいでしょ」「もういいよー」と本気で止めてくるが、俺はなんとかすり抜けてブースへと向かった。

「もういいよー」栄太の声が背後から聞こえてくる。

皆、また俺のこだわりが始まった……と思ってるだろう。

悪いな。今日はもう一回、皆とメシに行く覚悟だ。

その日のレコーディングが終わったのは深夜だった。

家に帰ると、虹輝の部屋の灯りがついていた。

またゲームをやっているんだろうか……。利也や栄太が言うように、引きこもりになりかけてるんだろうかと思いながら、自分の仕事部屋に入った。

帽子をラックにかけて、落ち着こうとするが、どうも虹輝のことが気になって仕方なかった。ふと、今度のフェスのチラシがカバンの中にあることを思い出した。

俺はチラシを一枚手に取って、虹輝の部屋を訪ねた。

ドアをノックして、「虹輝」と声をかけるが、なんの返答もない。もう一度ノックして呼んでも同じだ。ヘッドフォンをしてゲームをやっているに違いない。

「入るぞ?」

俺はドアを開けた。案の定、虹輝はゲームに夢中だ。俺が入ってきても気づかない。俺は虹輝の顔を覗《のぞ》き込んで、手を振った。

「わっ!」

虹輝は、ものすごい驚きようだ。

「ただいま」

と俺が言うと、虹輝は、面倒くさそうにヘッドフォンを外して、「何?」と俺を見る。

「来週さ、北海道のフェス一緒に行かない?」

俺はチラシを虹輝に見せた。

「……なんで?」虹輝はチラシに目もやらない。

「いや、……パパのライブ、しばらく見てないだろ?」

「うん……そうだね……」

「ね。えーっと？　どのくらいだ？」

もう思い出せないいくらい遠い昔のように思えた。

「俺、行かない。一人で行けばいいじゃん。その方が好きなようにできるし」

「……」

一人で行けばいい……。寂しいことを、そんな突き放すように言わないでくれ。

ドキッとして言葉が出なかった。

やっぱり、引きこもりってやつになってしまったんだろうか。

俺は、虹輝の顔を見つめた。

虹輝はどこか寂し気に見えた。

「……父さん」

呼ばれて、どこか構えている自分がいる。

「訊いていい？」

「うん。いいよ」

「父さんはなんでママと離婚したの？」

思いもよらない質問だった。今頃になってどうしたんだろうか……俺は即答することができず、「んー……」と考え込み、応えた。

「……目かな？　本当はそうじゃなかったかもしれないけど、いつも怒ってるように見えてきちゃってさ。……それでかな……」

「……」

このニュアンス、我ながらどうかと思うが、虹輝に伝わるだろうか。案の定、納得していないような、続きを待っているような顔で、虹輝はこちらを見ている。

「もっと、ちゃんと説明した方がいい？」

「いい。よくわかった」

虹輝は伏し目がちになった。

「なんかあった？　急にそんなこと聞いて……」

「ママ再婚するの？」

「知らないよ……誰に聞いた？」

「でも恋人はいるんでしょ」

虹輝の目は、少し怒りを帯びている。

「そうらしいな。で、誰に聞いた？」

「今、父さんから。なんとなくそうかなとは思ってたけど」

俺は言葉が出なかった。

もっとちゃんと、俺の口から話すべきだったのだろうか。俺が言葉を探していると、虹輝から会話を打ち切られた。

「おやすみ」

そう言って、虹輝はヘッドフォンをつけて、ゲームに戻っていった。

俺は行き場のない気持ちになって、しばらく虹輝を見つめた。虹輝は出て行かない俺に痺れを切らして睨み、ヘッドフォンを外して俺を見た。

「……おやすみ」

俺は、今日はこれ以上話すのは止めておこうと思い、虹輝の部屋を後にした。

虹輝は、周子と俺が別れた原因をずっと気にしていたのだろうか。それとも、周子の店で、恋人の存在に気付いたのか。

最近、部屋にこもりっきりだったのは、そんなことを悶々と考えているうちに、俺と話すのが嫌になってしまったんだろうか。難しい年齢だ。今はこちらからこれ以上離婚の詳細を話すのは止めておこう、次にまた虹輝から望まれたら、きちんと話してやろうと思った。

レコーディングの日々は続いた。

休憩時間、俺は珈琲でも飲もうと思い、ロビーに向かった。コーヒーマシンで好きな珈琲を淹《い》れていると、先のテーブルで真香が弁当を食べていた。大きく開いた口に、プチトマトが運ばれる瞬間を見た俺は、「あ」と声が出てしまった。

「あ！」真香は俺と目が合うと恥ずかしそうに顔を伏せて言う。

「お昼、食べ損ねてこのスキにと思って」

「ああ、ごめんね。時間かかっちゃって」

「あ、いえ、全然」

真香は、恥ずかしそうに箸を置いて、ステンレス製の携帯水筒に手を伸ばしてお茶を飲む。お弁当もお茶も家から持ってきているなんて、しっかりしている。俺は話を続けた。

「……いつもお弁当？」

「はい」

「俺もまた明日から……夏休みが終わる憂鬱ってこんな感じだったかなぁ……」

「良かった！　虹輝君、引きこもりじゃなかったんですね」

真香は、目を輝かせて言う。虹輝の心配をしてくれていたなんて意外で、俺は言葉に詰まった。

「あ……なんかごめんなさい……」

謝る必要なんてない。虹輝が学校に行くということは、彼女が言うように、引きこもりじゃない証拠だ。むしろ、そう言ってもらえて気が晴れる。俺は真香ともう少し話したいと思い、近くに寄った。

「……お弁当、毎日大変？」

「あ、いえ。私は昨日の夜の残りとか、適当に詰めてるだけなんで」

「へぇ～」感心する俺。

「自炊だと好きなものばっかりにできるんで……私、欲深いんです。だから昨日の夜と今日の昼が同じでも大丈夫。あ、でも、野菜はなるべく新鮮なやつ」

真香はそう言いながら、ヘタのないプチトマトを見せて、パクッと一口で食べた。

これまで俺は、真香に、どちらかというと言葉少なく、落ち着いているイメージを持っていた。でも、目の前の真香に、屈託なく飾らない一面が見えて可愛らしく思え、しばらく見つめてしまった。

「ごめんなさい」

真香は恥ずかしそうに笑っている。俺も自然と笑みがこぼれた。

「じゃあ、先行ってるね」

と、もう少し話していたいところを切り上げようとすると、真香に声をかけられた。

「あ、あの……」

「ん？」

と俺が振り返ると、

「今回のアルバム。最高傑作だと思います」

「アハハ、俺たち気合い入っちゃってる？」

「逆です。力の抜き方を知ってる感じ。羨ましいです」

一番嬉しい言葉だ。それが一番の理想だ。

「……ありがとう」

俺は、このアルバムは、本当に最高傑作になると確信した。早くレコーディングがしたいと勇み足でスタジオに戻った。

自宅に戻ったのは、今日も深夜だった。

車から我が家を見上げると、虹輝の部屋には灯りがついていた。明日、いや今日から学校なのに、大丈夫なのだろうかと心配になる。

リビングの電気をつけて、ソファに倒れるように座り込む。家に帰ってくると、ドッと疲れているのがわかる。ふと時計を見ると、午前四時だった。

「……はぁ……」

思わずため息が漏れる。今日も朝早くからレコーディングだ。できれば、このまま眠りたい。でも、虹輝との約束が頭の中を駆け巡る。新学期初日にコンビニに行かせることはできないと思った。

「よしっ」

俺は立ち上がり、キッチンへ向かい、エプロンを首からかけた。紐を結ぶと、不思議とやる気がみなぎってくる。冷蔵庫から食材を取り出す。もう頭の中は、虹輝の好きなおかずで溢れた弁当のイメージしかなかった。

♪

よかった！　Ten 4の一樹さんと仕事以外で話ができるなんて。

今日ほどお弁当を持ってきていてよかったと思ったことはないかも。

いつも同僚にランチに誘われても、お弁当があるから断っていたので、付き合いの悪い女だと思われてるかもしれないと、最近少し気になっていたから。まさか、大口開けてプチトマトを食べているところを見られるとは思わなかったけど。

今日は午前中から、良いレコーディングができている。

私も気合を入れるためにも、お昼ご飯はちゃんと食べなきゃと思っていた。

一樹さんがお弁当を見たときの言葉。

「俺もまた明日から……夏休みが終わる憂鬱ってこんな感じだったかなぁ……」

そうですよね。明日からお弁当作りが始まってしまう現実を憂鬱に思ってしまうのもわかる気がする。

お弁当作りって、習慣にすると作らないではいられないんだけど、一日でも休むと、ああ、今日もコンビニでいいかな、とか思いがちになる。お弁当を作らない分、長く寝られるわけだし。私はその同調をしたかったんだけど、それをすっ飛ばして、虹輝君が学校に行くことがよかったと思ってしまった。利也さんや栄太さんの言葉が気になってたから。

もし、虹輝君が引きこもりになってしまったら、一樹さんは虹輝君思いだから、『Ten 4 The Suns』の活動にも多少なりとも影響が出てしまうかもしれない、と勝手に想像したりしていたのだ。

だから、つい自分も安心してしまった。

人の話、聞いてないなあ、なんて思われたらどうしようかと思ったけど、一樹さんは、その場を去らないで会話を続けてくれた。

「……お弁当、毎日大変？」

「あ、いえ。私は昨日の夜の残りとか、適当に詰めてるだけなんで」

あんなに凄いお弁当を作っている一樹さんに比べたら、私のは本当にただの残り物に近いわけで。

私は恥ずかしさと、一樹さんと話している嬉しさが混ざり合って、ふわふわしてしまって、勝手に自分のことを話してしまった。好きなものばかりで欲深いとか、野菜は新鮮なものを入れているとか……どうでもいいことを。

私がペラペラ話すから、一樹さんはポカンとしてるようだった。

私は思わず「ごめんなさい」と謝るしかなかったけど、そんな私に、一樹さんは優しく微笑んでくれた。

子供っぽいと思ったかもしれない。

「じゃあ、先行ってるね」

そう言葉を残してスタジオに戻ろうとした一樹さんに、私は、ある想いを伝えたいと思った。

今しかない！　と思ったから。

私は勇気を振り絞って「あ、あの……」と声をかけた。彼が振り向いた瞬間に、想いを投げかけた。

「今回のアルバム。最高傑作だと思います」

そう言うと、一樹さんは、「アハハ、俺たち気合い入っちゃってる？」と照れていたけど、彼に言ったように、誰一人気負っているところがなくて、ナチュラルに音楽が作られている。無理がない。受け狙いとか時代狙いとかがなくて、ありのままの自分達を表現している。一曲、一曲が、聴く人がみんな、自然体で生きて行くことを望めるような、そんなエネルギーが感じられて、私は本当に羨ましいと思っていたのだ。力の抜き方を知ってる感じ……なんて言ってしまって、生意気だなと思われるかもしれないと思ったけど、正直に伝えないではいられなかった。

彼が私に返した言葉は、「……ありがとう」だった。

その顔は優しく、微笑みながら彼はスタジオに戻っていった。

わかってくれているように思えて、私は凄く嬉しかった。

良い音、作りたい。

私も早くお弁当を食べて、スタジオに向かいたいと思った。

♪


朝起きると、今日は家の中が静かだった。

僕は、そーっとリビングへと向かい、ガラス戸から、父さんがいるかどうか覗く。ドアを開けて中に入ると、父さんがお弁当を作っている様子はなかった。

デスクの上には、お弁当袋に包まれたお弁当が置いてある。その脇には、また父さんの手書きのポップが、見て！　と主張している。

僕は、目に入ったけど、ひとまず冷蔵庫から牛乳を取り出して、グラスについでゆっくりと飲んだ。今は朝の七時前だ。父さんは、朝方に帰ってきたわけだから、ほとんど寝ないで出かけたんだ。

僕はお弁当とポップを見つめた。

『夏休み明けも元気にいこう！』

父さんは、本当に元気だなと思った。

昼休み。騒がしさは、一学期と変わらない。僕は自分の席で、お弁当を広げた。曲げわっぱの蓋を開けると、僕の好きなものが並んでいる。

インゲンの肉巻き。紅生姜入りの卵焼き。ほうれん草のおひたし。白米の上には梅干しに、昆布の佃煮。和のテイストが、曲げわっぱのお弁当箱とマッチしていて美味しそうだ。

ほとんど寝ないで作ってくれたなんて……ご苦労なことだなと思いながら、僕は箸入れから箸を出した。

さっそく食べようとしたところに、章雄から声をかけられた。

「お、今日は問題なし？　お弁当テロはもうやんないの？」

嫌な感じ。思い出させるなよ。僕は少しムッとして言った。

「食べてみる？」

僕がまっすぐに章雄の顔を見て言うと、章雄は少し怯《ひる》んだ様子だったけど、目を逸らすことなく僕を見ている。

「おい章雄、先行ってるよ？」と、章雄の仲間が急き立てるが、「ああ、うん」と言ったまま、僕のお弁当を覗き込んでいる。「早くこいよー」と仲間がいなくなっても、章雄はついて行かない。

僕は、仲間が呼んでいるのに、追いかけない章雄が不思議だった。

「じゃーねー……」

章雄は完全に食べる気満々でおかずを選び始めた。

お、ちゃんと自分の口で確かめるといいさ。僕は章雄に箸を貸してあげた。

章雄は、「サンキュー」と嬉しそうに言い、わざとおどけてお弁当の匂いを嗅いだりする。芸が細かいな、と思っていると、卵焼きを口いっぱいに頬張った。

食べている章雄の顔が、段々緩んでくるのが面白くて、僕はじっと見た。

「……なにこれ？　普通の卵焼きじゃねー。まじうめー」

章雄は目を丸くして驚いている。

「紅生姜入り。大阪とかでもあるらしい」

「お前いつもこんなの食ってんの？　あ、ごめん。お前っつっちゃった」

こんな時にそんな気を遣ってどうすんだ。僕は呆れて笑えた。

「いいよ、お前で。あ、他にも食べる？」

「え、いいの⁉」物凄い勢いだ。

「あ、全部じゃないよ⁉」

僕はお弁当を章雄から遠ざけた。

「なんだよ全部じゃねーのかよ⁉」

「当たり前じゃん」

僕がきっぱりと言うと、章雄は時計を見て何かを思いついたように言った。

「あ、ちょっと待って。俺、今からさ、おにぎり買ってくるから、それまで食わないで待ってて」

「うん、わかった」

「特にね、この辺」

章雄はそう言って、インゲンの肉巻きを指さした。

「おう」

いいセンスしているぞ、章雄。

「待ってろよ」

章雄は僕の肩を嬉しそうに叩く。

「わかったよ、わかったよ」

「待っててね」

「わかった」

「待ってろよ！」

「わかった！」

「よっしゃ！」

と章雄は大急ぎでコンビニに向かった。

無邪気な章雄が、僕はなんだか可笑《おか》しかった。先にお弁当を少し食べようと思って箸を持ったけど、僕は弁当箱の蓋を閉じて箸を仕舞った。

章雄が帰ってくるまで待っていてやろう。一緒に食べようと思った。

インゲンの肉巻きを譲ってやれば、章雄はまたテンション高めに喜んだりするのかな？　想像すると楽しくなってきた。奴とは意外と気が合うのかもしれない。

今日の夕食は、久しぶりに父さんと一緒だった。

僕がキッチンに向かうと、ちょうどお弁当箱を洗ってくれていた。夕食の支度はすでに終わっている。僕の存在に気付くと、「あ、運んで」と言われた。

今日のメインは、色とりどりの野菜の酢豚だ。あんが絡んで熱々で美味しそうだ。

僕はそれをテーブルに運んだ。次に味噌汁を運んで席に着くと、父さんは冷蔵庫からビールを持ってくる。そして「おいしょ」と席に座ってプシューと缶ビールを開けた。

「じゃあ、いただきまーす」。父さんは元気だ。

「いただきます」

僕は手を合わせる。

「はい、カンパーイ」

父さんは、僕のウーロン茶のグラスに缶ビールを当てた。

ごくごくっと美味しそうに飲んで、「あ～～」と、幸せそうな声を出した。僕がゆっくりと味噌汁を飲んでいると、「はいお先にー。これ絶対うまい」と、酢豚を取り分けて食べる。うん、うん、間違いない、とばかりに頷いている。カラ元気みたいで、なんだかせわしないなぁと思っていると、父さんが口を開いた。

「……あ、なあ、お弁当のことなんだけどさ、毎日卵焼きだとテンション上がらなかったりする？」

どうしたんだろう……急に父さんのテンションが低い。毎日卵焼きでも、そんなことはまったくないけど、もう作るのが飽きたのか、大変なのか、よくわからなくて僕は黙っていた。

「工夫はするけど、毎日卵焼き」と更に父さん。

「……美味しいものは毎日美味しいからいいよ」

僕は本当にそう思っているからそう応えた。

「だよねー。美味しけりゃ何だっていいよな！」

今度は満面の笑みを浮かべて、嬉しそうな父さん。

僕は押されて、「ん、うん……」と頷いてしまう。

「どれだけさ、お金と時間をかけてもさ、結局卵焼きにはかなわないのよ！」

父さんの言い分に、僕はご飯を食べながら、おかずをいろいろと毎日考えるのも大変だよなと思った。

「……父さん」僕は思い切って言った。

「ん？」

「大変だったら別にやめても……」

その瞬間、僕の言葉を遮《さえぎ》るように、「ううん！」と首を大きく振って、ちょっと待て！　とゼスチャーした。

傍《かたわ》らに置いてある袋から、何やら箱を取り出してくる。テーブルのお皿をよけて、その箱を嬉しそうに開けた。

「ジャーン、ジャーン、ジャーン、ジャーン！」

大袈裟《おおげさ》な掛け声とともに箱から出てきたのは……真新しい曲げわっぱのお弁当箱だ。

「どう、テンション上がんない？」

「……」。上がらないよ。

僕は目の前ではしゃいでいる父さんを冷ややかに見た。

父さんは、嬉しそうに曲げわっぱを眺めているけど、僕には、今までの曲げわっぱとの違いもよくわからない。もちろん、形が違うことくらいはわかるけど。

「明日からまた気合入れなきゃな。楽しくなってきた」

と大切そうに曲げわっぱを仕舞って、陽気に「食べろ食べろ」とご飯をすすめた。

結局、自分が好きで弁当作りをやってるんだ、父さんは。

心配して損したと僕は思った。

恋とおべんとうは反比例、の二年生

高校二年の春。僕は二年一組になった。

一年生の時から仲良くなった章雄は、僕の前の席に座っている。父さんが作ったお弁当を食べて感動した章雄とは、あれから一緒に弁当を食べるようになった。

ちゃんと話してみると、好きなゲームとか漫画とか、趣味が合った。しばらく経った時、あの弁当異臭騒ぎで大騒ぎしてしまったことを悔いていて、本当はずっと謝りたかったと話してくれた。皮肉にも、あの弁当異臭騒ぎがきっかけで仲良くなったのかもしれないと思うと笑えてくるけど、高校生活で、章雄と友達になれたことはよかったと思っている。

午前の授業終了のベルが鳴って、先生が教室を出て行くと、章雄はすぐさま立ち上がって僕を見る。

「なに？」

僕はまだ机の上を片付けている。

「早く」

章雄は、机の脇にかけてある僕のお弁当を指差して急かす。また始まった、と僕が弁当の用意をすると、隣の席の仁科《にしな》ヒロミが、バッと僕たちの方に振り返り、

「虹輝、今日もお昼一緒にしていいっ？」と笑顔で言った。

ヒロミは明るくて、男女問わず、誰とでも仲良く話すタイプだ。

一学期が始まったばかりの頃は、女子同士でかたまってお弁当を食べていたけど、章雄が、僕の弁当について、いつも大声で、うめー、マジうめー、食ったことない！　等とあれこれ言うのを聞いているうちに、興味津々になってしまい、僕たちと一緒に食べるようになった。

見た目は、黒髪で、どちらかというと大人しそうな女の子に見えなくもない。でも外見と違って、サバサバした感じが、話していて心地よいタイプ。章雄も同じよ

うに思っているはずだ。

僕は一緒に食べようと思い、「うん」と承諾すると、

「っしゃあ」

ヒロミは机をクルリと回して、勢いよく机ごと僕たちに近づける。

「わっ」

「びっくりした！」

どこからそんな瞬発力が出てくるんだ？　と思うくらいの速さに驚く章雄と僕。

「なに？」

ヒロミはニコニコ笑っている。

「速かった。予想以上に速いよ」

章雄のセリフに僕も同じく頷くしかない。正直に言えば、女子っぽくはない。

「いいでしょ、別に。たのしみなんだからねぇ」

ヒロミは本当に嬉しそうに、僕のお弁当を眺める。彼女は思ったことをすぐ口にするタイプだ。

僕は、気を取り直して、お弁当袋の紐をほどき始めた。

「早くして」と章雄。

「早く。は、や、くっ」ヒロミは楽しそうだ。

この二人は、毎日のように、僕のお弁当を見るのを楽しみにしてくれている。僕もその期待に応えるのが、なんだか楽しみの一つになってきていた。そして必ず、おかずを一つ食べては美味しいと感想を言ってくれた。

父さんが聞いたら、鼻高々になって喜ぶだろうなと思う。そうすると、ますます張り切ってしまうだろうから、僕の口からは言わないようにしていた。

放課後。

職員室の前の廊下で、担任に呼び出された章雄を待った。

廊下の窓から、ぼんやりと中庭を眺めていると、渡り廊下を歩いている礼奈の姿を見つけた。あの時、階段ですれ違った三人組で楽しそうに話しながら歩いている。

僕は、心臓が高鳴るのを感じた。

ジャケットのポケットに手を入れている姿。

はじけるような笑顔からこぼれる白い歯。

柔らかそうな茶色い長い髪。

それをなびかせて歩く姿を、僕は自然と目で追っている。やっぱり、可愛い……。

するとその時、「失礼しました」と、章雄が職員室から出てきた。

「お待たせ〜い」

僕はハッとして、誤魔化すように礼奈から視線を逸らした。でも章雄のカンは鋭い。僕が今まで見ていた視線の先を見て、礼奈がいることを確認して僕を見た。

「お前マジか？」

「……」

マジ、かもしれない。でも、そんなこと言えるわけない。僕は答えられず、廊下を先に歩きだした。章雄は僕を追いかけながら、

「柏木先輩はキビしいぞ。この前告白した奴、〝太ってる〟の一言でフッたって」

「そんなんじゃなくて……」

僕はムキになりそうなのを抑えて章雄の顔を見た。

「じゃあ何よ？」

「違うよ」

「じゃあ何よ？」

章雄は僕を小突いてくる。

「章雄、うるさい」

「何だよ、じゃあ」

言わせないでくれよ。その辺のデリカシーがないところが玉に瑕《きず》なんだ、章雄は。

でも……章雄の言葉が突き刺さる。太ったらダメなんだ……。って、ぼ、僕は何を気にしてるんだ？　僕が礼奈と付き合えるわけないのに……いや、もしもだ。付き合えたりしたら、運動した方がいいのか？　部活に入ろうかな……頭の中がぐるぐるした。

そんな風に考えること自体、僕の気持ちが礼奈にもっていかれている証拠だった。

家に帰ると、リビングのテーブルで父さんが真剣な顔をして、菜箸を何本も紐に通している。僕には何をやってるのかさっぱりわからないけど、父さんが集中している時は、余計なことを言わないようにしているので、それにはふれずに言った。

「ただいま」

「おかえり」

父さんは、気もそぞろで何かを作っている。テーブルの上には、いろんな調理器具がたくさん並んでいた。僕が、カバンからお弁当箱を取り出すと、ちゃんと横目で見ているかのように言う父さん。

「あ。洗うから置いといて」

「いいよ、これぐらい自分でやる」

「おお～」

感心してるけど、こんなことで成長したなと思われても困る。

僕はキッチンの流しでお弁当箱を洗おうとして、手が止まった。頭の中に礼奈が出て来て、太っている人、NGだから、と僕に言ってる姿を妄想していた。

僕は一か八か、父さんに提案をしようと思った。

「……あのさ……父さん」

「うん」

僕の顔も見ずに、何かを作ることに夢中だ。

「お弁当の量なんだけど……」

「あ！　おかずのバリエーション増えたでしょ？」

「あ、うん……」そうじゃない……。

「いや～、最近、百均に凝っちゃってさ。便利なのいっぱいあるんだよ。だからもう色々試したくてさ」

ダメだ……。テーブルの上の自作の調理器具は、やっぱり父さんのこだわりの品々なんだ。これからもっとバリエーションが増えるに違いない。当然、おかずの量は増えるんだ。減らしてくれなんてとても言えない。僕は諦めて、弁当箱を洗おうとした。

「迷いなく、カスタマイズできちゃうからいいよね」

父さんはそう言いながら、菜箸が何本も一本の紐で繋がっている代物を、嬉しそうに僕に見せる。

なんなんだよ、それは。何に使うんだよ。僕はまったく興味を持てず、ため息だけが口から出た。

それからというもの、父さんのおかずのバリエーションは確実に増えた。

当然、量も増えているわけだ。僕は、このお弁当を全部食べてしまうと太ってしまうという恐怖感に襲われて、お弁当箱を空っぽにすることができなくなっていた。特に量が多い日に限って、ヒロミが休みだったりするし、章雄にお弁当を食べてもらいすぎると、太るのを気にしていることがバレそうな気がして、頼みきれなかった。

お弁当が残っていると、家に帰る途中で憂鬱な気持ちになった。

家の玄関のドアをそっと開けて入り、すぐさま階段から二階の様子を窺《うかが》った。

静かだ。

父さんがいないことを確認して、リビングに向かった。自分の家なのに、何こそこそしてるんだと思いながら……。リビングにも父さんがいないことを確認して中に入り、カバンからお弁当箱を取り出すと、キッチンに向かった。

お弁当箱の蓋を開ける。曲げわっぱの中には、そぼろご飯がほとんど残っていた。

僕は手の中のお弁当を見つめて、どうしようか悩んだ。

ごめん……！。僕は罪悪感を打ち消すように、勢いをつけてそぼろご飯をゴミ箱に捨てた。そして、急いでゴミ袋を取り出して、口を結わいて捨ててしまおうとした途端、父さんが入ってきた。

「うおっ！　おかえり」

父さんは物凄く驚いている。

「ただいま。い、いたの？」

驚いたのはこっちの方だ。しくった……もっとちゃんと確かめてれば……。

父さんは僕が手にしているものを、確実に目に捉えている。

「なに？　ゴミ出し？」

「……うん、ちょっと臭いがしてたから……」

だからって僕がゴミ袋を捨てるわけない。そんな気の利いたこと、僕が普段めったにしないこと、父さんはわかっているはずだ。

父さんは、僕の目を見て優しく言う。

「弁当多かった？」

「……」

僕は図星で答えられない。

「いいけど、食べ物を簡単に捨てるような人間にはなるなよ」

「……ごめん……」

その通りだ。僕は人として恥ずかしい気持ちになった。

父さんはそれ以上何も言わず、自分の仕事部屋に戻って行く。

こんなことしちゃいけない。こんなこと、二度としないためにも言わなきゃ……。

僕は、父さんを追いかけた。

「父さん」

「ん？」

足を止めて振り返る父さん。

「……明日からお弁当なしでいいよ」

僕はかなりの勇気を振り絞って言った。

父さんは目が点になってフリーズしている。
「……え、なんで?」。声が弱々しい。
「……」。聞かないでくれ。
「なんで?」
父さんは、捨てられた子犬のような目で、訴えるように僕を見る。
僕は可哀そうな気持ちになってしまった。
これは……正直に、遠回しに、さわりだけでも、理由を話さなきゃいけないと思った。

♪

お弁当作りは二年目に入った。
壁に貼ったお弁当三ヶ条は、ちゃんと守られている。
一、調理の時間は四〇分以内
二、一食にかける予算は三〇〇円以内
三、おかずは材料からつくる
これを遂行するために買い集めた百均の調理グッズは、いい働きをしてくれていものだ。特にお気に入りは、菜箸を六本、紐に通して一つにまとめてカスタマイズしたる。

雪平鍋に油をひいて、解凍したミンチを投入する。そこで、六本にまとめた菜箸で、くるくるかき混ぜて炒めるのだ。すると、二本の菜箸でやるより早く綺麗にバラバラになって、時短でそぼろが完成するのだ。

初めて使った時は、おもわず「おお~！」と声が出て一人で大喜びしてしまった。これで、美味しいそぼろ弁当を作ってやったのに……。

虹輝は、ほとんど食べることなく、俺に隠れてゴミ箱に弁当を捨てていた。ショックだった。確かに、最近、虹輝に頼まれたわけでもないのに調子に乗っておかずの種類を増やしたりしていたので、ご飯の量も多かったとは思う。でも、育ち盛りの高校生男子だ。食べられないことはないと思っていた。食べ物を躊躇《ちゅうちょ》なく捨てるような人間にはなって欲しくない。いや、虹輝はそんな人間じゃない、きっと何か理由があるんだ。それでも、これ以上追及するのは止めて少し様子を見ようと思った。しかし、虹輝は、追い打ちをかけるようにショックなことを俺に言ったのだ。

「父さん……明日からお弁当なしでいいよ」

これは黙ってはいられない。

男と男の約束をしたじゃないか。俺は間髪入れずに理由を訊ねた。

なんと、ダイエットだった。俺が高校時代には考えられない理由だ。でも、彼なりに、のっぴきならない想いがあると知った。

俺はそんな話を、焼き鳥屋のカウンター席で真香と飲みながら話をしていた。

真香とは、こないだのレコーディング以来、よく話すようになった。ミキサーとして、俺たちの音楽をよく理解してくれていて、彼女のおかげで良い音楽ができたといっても過言じゃない。でもそれだけじゃなく、仕事を離れたところでの真香との会話も楽しかった。なんとなく、形をとりつくろうことなく自然に会話ができるというか……一緒にいると居心地がいいと思ってしまう。これは理屈じゃないというか……。一見、落ち着いて見える彼女から溢れてくる情熱や、時折、厳しい真実をちゃんと口にする正直なところも好きだ。いい大人が、子供に作っている弁当の写真を、気兼ねなく彼女に見せてしまうのも、自然にできてしまっていた。

真香は、俺のスマホに映ったインスタを覗き込んで言う。

「へぇ。これがダイエットメニューですか？」

「うん。ダイエット弁当って、量が少ないから簡単そうに見えるでしょ？　でも、逆に難しくてさ。このいろどりとか」

「うん」

「栄養のバランスとかさ」

「うーん。今時は男の子もダイエットするんですね」

真香も意外だと思っているらしい。

あながち俺の感覚も古いわけじゃないなと思うが、虹輝の名誉のためにも、ダイエットをする理由を真香に教えた。

「恋してるから」

「恋……ですか」

真香は少し驚いている。

「でもさ、男が恋したんだったら、ダイエットなんかしないで、たくさん食べりゃいいのにね」

「うん……」

真香もそう思っているらしい。

俺は、虹輝には、美味しいものをたくさん食べて、バランスのとれた身体になって、何事にもよい感覚を養って欲しいと思っている。まあ、恋をしている、という想いにかなうものはないので、今はそっと見守るしかないのだが。どこか一抹の寂しさを感じていた。

インスタのダイエット弁当に「いいね！」した人の一覧をスクロールすると、〈suzumoto_kooki〉の名前を見つけた。なんだかんだ言っても、美味しいとは思ってくれているんだ。俺は気を取り直して、ずっと気になっていたことを店の大将にたずねた。

「大将、ここの卵焼きって、いっつも美味しいけどさ。なんか秘伝の技とかあんの？」

「え？」

「卵焼き器が違うんじゃないかな？」

大将は、「こういうのがあるんですよ」と言いながら、真四角の卵焼き器をカウンターに置いた。

「なにそれ？　ちょっと見せて」

今まで見たことないタイプだ。手に取ってみると、重厚だけど、握り具合がいい。

「見たことある？」。俺は真香にたずねた。

「ううん」

真香も見たことはないらしく、興味津々で身を乗り出している。

「これ何でできてるんですか?」。俺は大将にたずねた。

「銅でできてるんです」

「え〜」

「へぇ〜」

なるほど、そうか。だから外側に真鍮《しんちゅう》のような色合いがあるのかと、じっくりとそれを眺めた。悪い癖だが、俺は今すぐこの卵焼き器を試してみたい衝動に駆られていた。

「ちょっと教えて?」

俺は大将に頼み込んで、厨房で卵焼きを作らせてもらうことにした。

卵焼きを焼く要領は、いつもと変わらない。

まず、いい感じの焦げ目をつけるため薄く油を塗る。

それから強火にし、卵焼き器が熱くなったら、ジャアーッと卵を入れて、そこからは弱火にする。

卵をひっくり返して巻いていく作業のやりやすいこと極まりない。焼き面と側面が直角になっているため、広がらずにすごく焼きやすいのだ。

このワクワク感、真香も共有しているかのように楽しそうに見ている。何層にも巻いていくと、まるで老舗の卵焼き屋で売っているような、長方形が美しい卵焼きが焼きあがった。

「よいしょ。いっちょ上がり～」

俺は、真香に出来たてホヤホヤの卵焼きを差し出した。

「おおー！　美味しそう」

真香は嬉しそうに卵焼きを受け取って眺めている。ふと見ると、真香のレモンサワーは空になっている。こうやって、カウンター越しで飲むなんて、そうあることじゃない。このまま対面方式で一緒に楽しむのも悪くないと思った。

「あ、何飲む？」

「んー」

真香は考え込んでいる。

それは酒を変えるのか、それとも飲むのを止めるのか。

「朝までいくよ。それから明日の夜まで」

俺は本気で、そのくらい真香と一緒にいてもいいと思えた。真香は笑いながら、

「本当は、早く家に帰って虹輝君の恋愛相談に乗りたいんじゃないですか？　悩ん

ですよ、きっと」と言う。

「え～？　……せっかくの週末なのに？」

「うん」

「久しぶりに昼までゆっくり眠れるのに？」

「うん」

真香は優しく微笑んでいる。

その気はないのか……。少し寂しいやら恥ずかしいやら、そんな気持ちになりかけていると、畳席の客が「大将、レモンサワーください」と大声で注文をした。大将が「はい」と返事したので、俺はすかさず、

「あー、俺やります、俺やりますよ」と、かって出た。

なんとなく……自分を誤魔化したかったのかもしれない。

そんな俺を大将は知ってか知らずか、すんなりとレモンサワー作りをやらせてくれた。

「すみません、私もレモンサワー」と他の客からも声がかかる。

「オッケー、二つね。よっしゃー。はい大将、氷！」

「はい」

大将はすっかり店員だ。

「あ、レモン取っちゃっていい？」

「はいよ」

俺は、大将の相棒のような気分になって、勝手に冷蔵庫をあけて、勝手にレモンを出して、レモンサワーを作り出した。こうやって美味い酒を作るのも楽しい。

「特製のやつ作っちゃうかんねー。はい皆さんも、どんどん飲んでください！」

「じゃあ僕もレモンサワー！」

「二つで！」

「お代はそっちだかんね」

俺は突っ込む。

「やっぱり」

「当たり前じゃない、なに言ってんの～本当に～」

「じゃあこっちも下さい」

「お！　いいね、大人気だね。大将これグラスが足りないわ」

俺は、楽しくなってテンションが上がり続けた。

これはお客さんとのセッションだ。

俺は、なかなか経験できないこのセッションをしばらく楽しんだ。

頭の中では、空になっている真香のグラスが気になっていた。


♪


私の目の前を、レモンサワーがいくつも通り過ぎていく。

私のレモンサワーのグラスは空のまま。もう氷も解けちゃってる。

やっぱり、あんなこと言わなきゃよかったかな……。

「本当は、早く家に帰って虹輝君の恋愛相談に乗りたいんじゃないですか？　悩んでますよ、きっと」

理解があるように見せたかったけど、これじゃあ、その気がないと思われても仕方ないかもしれない。

一樹さんに「何飲む？」って聞かれた時、本当はもう一杯くらい飲んで一緒にいたいなと思った。でも……虹輝君が、ダイエットするくらい恋してる、なんて聞いてしまうと、つい、相談にでも乗って親子で話したいのかな、なんて思ってしまった。だって、あんなにしょんぼりして話す一樹さんも珍しかったから。

確かに、丹精込めて作ったお弁当を、食べずに捨てられたら傷つくと思う。

私だったら、二度と作ってあげないと思う。

それでも一樹さんは、虹輝君が恋してるからという理由で、ダイエットメニューまで考えてお弁当を作っている。息子思いで素敵だな。父親というか親友みたいな関係なのかな？

息子が父親に、好きな人のために痩せたい！　なんて打ち明けることができる親子関係もすごいと思ってしまって、勝手ながら、そんな親子関係にエールを送ったつもりだったのだ。そのほうが一樹さんの元気が出るんじゃないかと思って……。

でも、目の前の一樹さんを見てると元気で楽しそう。

余計な心配だったかもしれないな。

一樹さんて、今を楽しむ天才なんだなと思ってしまう。

あんな風に、すぐにその場所の雰囲気と人に溶け込めるなんて羨ましい。

さっきの卵焼き器だって、まさか、大将に卵焼きを作らせて欲しいと願い出るなんて思いもよらなかった。おかげで、一樹さんお手製の卵焼きを食べることができたのは、ラッキーだったけど。大将の卵焼きより、ちょっと美味しい感じがしたのは、私の欲目だったかな。

銅製の卵焼き器で卵焼きを作っている一樹さんは、すごく楽しそうだった。きっと、卵焼きが大好きな虹輝君のためを思って作っていたんだろうな。だから、余計、虹輝君の影がちらついて……帰ったほうがいいんじゃないかって思ってしまった。

一樹さんは、おそらくあの銅製の卵焼き器を買うだろうな。

でもあの時、卵焼きを作った後、すぐにカウンターから戻ってきてくれたら、違う気持ちになっていたかもしれない。

「朝までいくよ。それから明日の夜まで」

って、額面通りに受け取ったら、明日の夜まで一緒にいてもいいってことでもあるよね？

「え～？　……せっかくの週末なのに？　久しぶりに昼までゆっくり眠れるのに？」

一樹さんが、そこまで言ってくれたんだったら、私も今を楽しめばよかったのに。

馬鹿だな。つまらない女だと思ったかも……。

一樹さんに言われて、今のはどっちの意味なんだろう、と考えてしまうことがよくある。冗談なのか、本気なのか、わからない。

一樹さんとは、何回か食事に行ったり、飲みに行ったりしている。プライベートな話をするきっかけは、お弁当だったけど、今は、家族の話や、前の奥さんの話をしてくれたりもする。いろいろと話してくれるのは嬉しいけど、もしかして、ただ、話しやすいから私に話しているのかな……友人みたいに。彼女として意識はしてないから、なんでも話すのかな……と揺れてしまう時がある。

こんな風に悩む自分を卒業したい。

ただ、わかっていることが一つある。

それは、私は〝恋をしている〟ということだ。

レモンサワー、私だけ一樹さんに作ってもらえなくて……さびしい。でも、自分から頼むんじゃなくて、一樹さんに気づいて欲しい。

♪

父さんは、僕の事情を踏まえて弁当を作ってくれるようになった。

昼休み。いつものように、章雄とヒロミと三人で固まって弁当を食べる。

ヒロミはサンドイッチのお弁当、章雄はコンビニ弁当だ。

「いただきまーす」

僕は、章雄とヒロミの前で弁当箱の蓋をあける。二人にとって、この瞬間が毎日の儀式のようになっているのだ。

今日のおかずは、トマトとブロッコリーの塩麴サラダ。野沢菜とちりめん入り卵焼き。インゲンと人参の肉巻き。焼き明太子の切り身。白米にふりかけトッピング。いろどりも、赤、緑、黄色にオレンジ、ほんのりピンクときれいで美味しそうだ。

「おおー！　えー？」

ヒロミは弁当を覗き込む。

「おー！　美味しそう」

章雄も負けていない。

「ちょっと何？　ご飯少なくない？」

「なんでヒロミが怒んだよ？」

章雄の言い分はごもっともだ。

「でも今日も超おいしそうだね」

「はい」

僕は、ヒロミに弁当箱を差し出した。

「え、いいの？」

「いいよ」

「やったー！　いただきまーす」

ヒロミは、手に持っていたサンドイッチを置いて、お箸に持ちかえる。そして嬉しそうに焼き明太子の切り身を、パクリと食べた。

ヒロミは目をぱちくりする。

「これやばい」

「まじで？」

「うん！」

「あ、俺も貰おう」

章雄も持っていたおにぎりを置いて、箸入れから箸を出す。

「ご飯もちょっと貰っていい？」とヒロミ。

「いいよ」

「やったー。ありがとう」

焼き明太子を食べたら、ご飯を食べたくなるのは当然だ。またも嬉しそうにご飯を食べるヒロミ。今度は章雄の番だ。

「いただきまーす」と、焼き明太子をパクリ。

「ん！」。ヒロミを見る章雄。

「ん！」。章雄を見るヒロミ。

「美味い美味い。うまっ」

章雄も目を見開いて喜んでいる。そんな二人を見るのは僕も嬉しい。

「美味しいよね？　もうちょっとちょうだい」

そう言ったと同時に、ヒロミはご飯をもう一口食べた。

章雄はそんなヒロミのことを僕に問いかけた。

「あのさ、コイツいつもめっちゃ食うじゃん」

「うん」と僕。

「ほんとつまみ食いのレベルじゃないよな」

「まぁ、そうだね」

言われてみればそうだと可笑しくなる。

「だってよ、だって、このお弁当のために授業耐えてんだから」

あっけらかんと言うヒロミ。

「へぇ～」章雄は呆れている。

「そうなんだね」

そこまで期待されてるとは……。ありがたいんだかなんなんだか。

「ふふん～。てかさ、何でご飯少なくしたの？　むしろ増やして欲しいんだけど」

ヒロミ、そこは突っ込んでくれるな……そう思っていると、章雄は面白そうに言った。

「ついにダイエットだよな～。俺も付き合って少なめです」

「え？　ダイエットなの⁉」

ヒロミの声が大きくなる。

ナンデイウンダヨ！　と、僕は章雄を睨んだ。僕が答えないでいると、ヒロミはお構いなしに「そうなの？」とさらに確認してくる。

参ったな……。僕は顔に変な力が入る。

「そんな顔すんなら丸々抜けよ」

章雄は突っ込んでくる。

「それは親にダメって言われたんだよ」

「あっそ」

「ちゃんと腹には入れろって」

「ふ～ん」

「すごーい。虹輝思いのパパだね」

ヒロミは感心している。

「違うって。今ノッてるだけなんだよ。弁当作りが楽しくてしょーがないだけ。こっちの気持ちなんて関係ないのっ」

僕は、父さんのせいにしてしまった。

「てか虹輝、なんでダイエットしてんの？」

ヒロミはひょいっと僕の顔を覗き込んで言う。

だから、聞いてくれるな、ヒロミ。僕は、助けてくれと、恨めしそうに章雄の顔を見たけど、章雄は悪戯《いたずら》そうに笑っているだけだった。

放課後、図書室に本を返しに行くと、ヒロミがいた。

ヒロミは、僕がダイエットをしている理由が知りたくて仕方がないらしく、何度も追及してくる。これは話さなければ、毎日追及の儀式が始まるなと思い、意を決して真相をヒロミに話した。

話を聞いていたヒロミは、なぜだかテンションが下がっていった。

どうしても知りたいって言ったから話したのに。

「競争率高いよ、礼奈先輩」

静かな図書室に響かないように小声で言うヒロミ。

なんだかすごく残念そうで、内緒話じゃなきゃ話せないような、僕がいかにも無謀なことしてますって、窘《たしな》められているようだ。

「有名だもんね。前に告白してきた相手、太ってるって一言でバッサリだもん。しかもさ、そんなに太ってなかったらしいよ」

「章雄に聞いた……」

「なのにダイエットなんて……一途だね」

やな感じだ。なんでそんな言い方されなきゃいけないんだ。

僕は、ヒロミから視線を外して言い返した。

「……勝手だろ」

僕がそう言うと、ヒロミは一瞬黙った。そして言った。

「そんな奴に付き合うなんてさ、章雄もお人よしだね」

正直、ムッとした。ダイエットする奴が、そんなに気に入らないのか。

僕は、章雄を引き合いに出してきたことが、なんか気に障った。イライラして声が大きくなるのを抑えてヒロミの顔を見て言った。

「……章雄はいい奴だよ」

「知ってる」

ヒロミは、僕の顔を見ない。なんなんだ……。横顔がどこか怒っているようにも見えるし、寂しそうにも見えた。

「ヒロミ」

僕は、わざとヒロミがこっちを向くように呼んだ。

ヒロミは「?」という顔をしている。わざとそんな顔をしているようだった。

僕は、まっすぐにヒロミの顔を見て言った。

「章雄と付き合えばいいじゃん」

「……」

ヒロミは何も言わず、僕から顔を背けた。肩で小さく息をしているのがわかる。

なぜいつものように言い返してこない?

そのまま、お互い黙っていた。

ヒロミのこんな姿は見たことない、気になる。

僕は、なんでこんなこと言ったんだろう。こんなこと言いたくなかったのに。

うまく説明できない自分がいた。

それからしばらく、ヒロミと話すのは気が引けたけど、それでも気まずくなることはなかった。おそらくヒロミも普通に接してくれていると思った。

ある放課後のことだ。その日は掃除当番の日だった。

僕は、昇降口の表を竹箒《たけぼうき》で掃除していた。ここは人通りが激しい。毎回思うことだけど、いくら掃いても、どうせすぐに汚くなるんだろうなと思いながら掃いていたら、頭の上から、

「コーキ！」と声がした。

「！」

見上げると、二階の渡り廊下の窓から、礼奈が笑顔で僕に手を振っている。

「ね、いま下行くからちょっと待ってて！」

「うん」

礼奈は僕の顔を見て、嬉しそうに顔を窓から引っ込めた。

こっちに来るんだ……！

つまらない掃除の時間が、一瞬にしてバラ色に変わった。僕は、ドキドキしながら礼奈が来るのを待った。近くでヒロミが掃除しているのも忘れて。

しばらくしてやってきた礼奈の隣には、二年生の男子生徒、宮原健がいた。礼奈はそいつに親し気に話しかけている。

「ほら、話してたTen 4の一樹さんの」

「あぁ、どうも」

宮原は、僕に馴れ馴れしく挨拶をする。

が、僕は彼と話をしたことはない。こいつはなんだ？　なんで礼奈の隣に？　僕僕は、この状態をよく理解してなくて間抜けな顔をしていたに違いない。でも、すぐに現実にぶち当たった。

「ああ、〝カレシ〟。Ten 4大好きなの」

礼奈はサラリとそう言って、僕に宮原を紹介した。

カレシ……。あまりにも簡単に言われてしまって、顔が引き攣《つ》るのがわかる。

宮原が、Ten 4が好きなのなんか、どうでもよかった。

「あー……そうなんですかー……」

僕は、精一杯、ものすごくわざとらしく返した。

「一樹さんの磐梯バンドってあるじゃない？　あれに影響されてね、ボランティアとかもやってたりしたんだもんね」

宮原は照れ臭そうにする。そんな顔するな。なんなんだ、ボランティアは自分の意志でやれよ。

「あ、でも、ほら、あんまりお父さんの話とか……嫌じゃない？」

宮原は僕の顔を覗き込む。

「一樹さんの子供に会ってみたいって言ってたくせにぃ」

「まぁね」

なんだよ、鈴本一樹の子供だから見に来たのかよ。会ってどうするんだ。父さんと比べてるのかよ。なんでこんなところで劣等感にさらされなきゃならないんだ！

僕は内心イライラしてきた。

「あー……ごめんなさい、こんなんで……」

僕は、声が裏返しになりそうなくらい、またわざとらしく言ってやった。礼奈は、僕がショックを受けてるなんて思いもよらない感じだ。ただニコニコ笑って、さらに追い打ちをかけてきた。

「でさ、今ツアー中だよね？　東京のチケットとかなんとかなんないかな？　ダメだったんだよね、全然ね」

礼奈は、宮原の顔を残念そうに覗き込む。

「いいよ、それ迷惑じゃん」

「でもさー」

結局それか……。父さんのバンドのチケットが目的か……。

宮原は僕が迷惑だなんて思ってないに違いない。僕は、頭がクラクラしてきた。

するとその時、ヒロミがブツブツ言いながら僕をめがけてバタバタッと駆け込んで来た。

「あ、これヤバイ。遅刻すんな。遅刻するわ、ごめん」

そう言って、僕の腕を摑み、思いっきり引っ張っていく。

「え？」

僕はあまりに突然で、なにがなんだかわからない。

「ごめんなさい、ちょっと遅刻するんで！　すみません」

「ちょっと、え？　ちょっと待って。え？」

僕はヒロミと一体化したかのように、ヒロミの凄い力で体ごと連れて行かれる。

礼奈と宮原が、ポカンとして見ているのを全く無視だ。

「すごいんだよ、時間ないんだよ」。大騒ぎするヒロミ。

「な、なにがすごいの？」

僕はたずねることしかできない。

ヒロミに手を引かれて辿り着いたのは、校舎内の階段の下だった。

「ちょっと待って待って待って待って……遅刻ってどこに？」

僕は息を切らしてヒロミに訊いた。

ヒロミは、僕の腕を掴んだまま立ち止まった。

「や、なんかさ、とにかく急いでる感じ？　他になにも思い付かなかったんだもん……ピンチだったでしょ」

ヒロミも息を切らしながら言う。

「…………」

そうか、僕が礼奈と宮原に頼みごとされてるのを、ヒロミは聞いていたんだ。

確かに、ピンチだった。実際、どうやって断ろうか、頭の中で考え始めていた。

でも、礼奈にあと一押しされたら、僕は、チケットを取ってやってたかもしれない。

馬鹿だ。お人よしもいいところだ。

ヒロミは、一芝居打ってくれたんだ。僕のために。

そう気づいた時、ヒロミが、我に返って握った僕の腕を放して言った。

「……ごめん」

違うよ。謝りたいのは僕の方だ。違う、お礼だ、お礼を言うべきなのに。

何も言うことができなかった。目を合わせることもできない。僕は、告白することさえできずにフラれた男……そんな惨めな自分のことしか考えられなかった。

『ダイエット終了します　虹輝』

深夜に帰宅して、水でも飲もうと冷蔵庫の前に立った時、このメモ書きが目に飛び込んだ。


♪


「あー……」

そうかあ、もしかして、フラれたのかと俺も落胆した。ただ普通の弁当に戻したいだけなら、きっと口頭で言うだろうと思ったからだ。

まあ、若い頃の失恋の一つや二つは財産だ。これを糧《かて》にして、一回りでも二回りでも人間的に幅が広がってくれればいい。ただ、傷心して食べられなくなる……なんてならないように、これからも、美味しいものを作ってやろう。

翌朝、俺はいつもよりちょっと早く起きた。

今日の弁当のおかずは、シシトウのゆずこしょう入り鶏胸ひき肉詰め。ゆでブロッコリー。オクラと人参の肉巻き。海老と三色ピーマンのオイスターソース炒め。じゃこ天スティック入り卵焼き。相馬かぶと漬け。さごし味噌漬け焼き。かぶと漬けとは、大根と昆布の壺漬けで、パリパリとした食感がうまいのだ。

ご飯は、枝豆と人参、しいたけ、ごぼう、油揚げの五目ご飯だ。

虹輝の大好物が盛りだくさんのお弁当で元気になってもらいたいと思った。

俺は弁当を作り終え、自分の朝食の支度をした。

パン、目玉焼きとブロッコリーとトマトを用意する。目玉焼きには、たっぷりのケチャップ。ブロッコリーにはマヨネーズ。この、赤、緑、黄色の色合いは、朝から元気になる。

俺がもくもくと食べていると、二階の階段から虹輝の声が聞こえてきた。

「イッテ……イッタ……イッテ……イッテ、もう……」

足なのかカバンなのか、ゴンゴン階段に当たる音も一緒に聞こえてくる。気になって見に行こうかと思ったけど止めた。不機嫌そうだが、とりあえず朝起きることはできている。俺は少し安心した。

虹輝は、リビングのドアを開けたかと思うと、ドアに足の指をぶつけた。

「イッテ……ああ……」

虹輝は、この世の終わりみたいにため息をつく。

そりゃ痛いに決まってる。俺はわざと高らかに笑ってみせて言った。

「おはよう。朝メシどうする？」

「いらない……」

「ん」

覇気のない声だ。まあ、食べないのはちょっと心配ではあるが、その分、弁当を栄養バランスたっぷりにしておいたからいいだろう。

俺はそ知らぬふりで朝食を食べた。

虹輝は、デスクの上にカバンをドサッと置く。そして、弁当をカバンの中に入れようとするが、教科書が多いのか、なかなか弁当が入らない。イライラしながらため息をついて言った。

「……なんもうまくいかない……」

その落ち込みようったらない。俺は見ていられなくなり、虹輝の元へとむかった。

「そんなこと言うな。ほら貸してみな、ほら」

俺は虹輝からカバンを取り、中の教科書を全部出した。

「お前こういうのはさ、一回出すんだよ、な。出して、こう大っきいやつから入れてくんだよ、な」

俺は大きいノート類を先に入れる。

「で弁当入れんだろ。で、最後にこれ入れんの」

その上に弁当を入れて、弁当の上に教科書を入れると、カバンのファスナーはすんなりと閉まった。

「ほら、な。うまくいくと思えば、全部うまくいく。ほい、いってらっしゃい」

虹輝にカバンを渡すと、ふてくされたような顔をする。俺は元気づけたいと思って虹輝の肩を叩くが、虹輝は無言でリビングを出て行く。

その背中の力のなさったら。このまま消えてしまいそうだ。

俺は玄関まで追いかけて、虹輝の背中に声をかけた。

「虹輝、いくら嫌なことがあっても後ろ向きになるな。毎日暗くなっちゃうぞ。自分に自信持てよ、な」

俺は、できるだけ明るく言った。

自分に自信をなくすことが一番いけない。

これからもっといろんな壁にぶつかる経験をするだろう。良いこともあるけど、嫌なことの方が多かったりもするのが人生だ。それを乗り越えていくには自分を信じることが一番だ。だからなるべく明るく受け止めて欲しい。そうすれば嫌なことは逃げ出していくから。

すると、それまで反応がなかった虹輝が振り返った。

「……あのさ……父さんがうまくいくのは、周りに甘えてるからだよ? 自分勝手なことしかしないから、みんながしょうがなく調子を合わせたり、手を貸したりしてるんだ。だからうまくいくんだよ」

「……」

思いもよらないことを言われて、俺は言葉を失った。

「ママもそうだった、俺だってそうだよ」

虹輝はそう言い捨てて、玄関を出て行った。

俺のこと、そんな風に思っていたのか……。

いや、まて、ただの八つ当たりか……。

周子がそう言ったのだろうか。いや、そうじゃないな。周子は人のことを悪く言う人間じゃない。それに、俺だって、この境地に至るまでは、それなりに悩んできている。失恋、人間関係のしがらみ、やりたい仕事ができないもどかしさ……。人並みにいろんな困難を経てきているつもりだ。それを俺なりのやり方で乗り越えてきたつもりだ。

俺は甘えているわけじゃないけど……そう見られても仕方がないかもしれない。

親子でも、性格や考えが違うわけだし、虹輝には、俺がデリカシーがないように映っていたのだろう。わかってもらうのは……まだまだ難しいんだなと思った。

こういう時、とてつもない寂しさを感じるものだ。


♪


僕は、学校からまっすぐ家に帰る気にならなかった。

今日は、父さんは家にいるはずだ。できれば父さんと顔を合わせたくない。学校から「三者面談」のプリントをもらったけど、父さんと大学に行く話とか、将来どうするかなんて話したくなかった。放課後、章雄とヒロミと少しおしゃべりをした後、僕はママの店『Ruby on』に向かった。

店に入ると、僕の元相棒「こうきのき」は、相変わらず存在感を放っている。なんだか羨ましいよ……。お前は悩みなんかないんだろ。

僕は心の中でぼやきながら、いつものお気に入りの席、カウンターの一番端の席に座り、ママが一段落するのを待った。しばらくして、ママがいつものように僕の隣の席に座った。

元気だったのか、学校での生活はどうか、と一通りの日常報告をして、僕はカバンから「三者面談」のプリントを出してママに渡した。ママは神妙な顔で内容に目を通して言った。

「……父さんには相談してる？」

「あの人がなんて言うかはわかるから」

僕は言い捨ててしまった。

ママは何も言わなかったけど、「あの人」というワードにちょっと引いているのがわかる。僕は淡々と続けた。

「好きなことをひたすらやれ」

「……」

「それがわかんないから相談するのに……」

僕の言葉を聞きながら、ママは黙って僕を見つめている。

「予備校に行こうと思ってるんだ。なんの取り柄もないし、大学くらいはって……」

自分で言って自分に腹が立ってくる。本当だったら、自分のやりたいことを見つけて堂々と言ってみたい。そう思っていると、ママが絞り出すように口を開いた。

「親のこと、〝あの人〟なんてやめてよ」

僕をなるべく傷つけないように優しく……。

でもそれが僕の心を逆なでする。

「俺にとって今は〝あの人〟だよ。なんか遠くにいる人。周りからも比べられるし……」

礼奈と宮原の顔が浮かんだ。二人に限らず、僕は〝あの人〟の子供であることで、〝あの人〟と比べられることが多々ある。父さんが人気バンドのメンバーで、なんでも器用にこなして、陽気で仲間も多くて、お洒落でシュッとしてるからって、僕も同じだと思って接してきて、勝手にがっかりされたりして迷惑なんだ。いらない劣等感に苛《さいな》まれる時があるんだ。僕には僕のペースがあって、あの人と同じようにはなれないし、同じようには考えられないよ。意思の疎通もうまくいかなくて、今の僕には遠い存在でしかないんだ。

「俺は父親を選べる」

僕はまっすぐ前を向いて力強く言った。

「ママ、再婚するんでしょ？」

僕がママを見て言うと、ママは辛そうに視線を逸らした。

「俺が今すぐにでもママのところに行って、その人のことをパパって呼べばいいんだよ」

「何言ってんの」

ママは悲しそうに僕を窘める。

「ママが言ったんじゃないか。パパとママどっちにするか決めろって」

僕の声は大きくなる。動揺しているママを受け止めることなく、僕は込み上げてきそうな涙を抑えて言った。

「あの時頭が真っ白になった。ママの言ってることがよくわからなかった。信じられなかった……だからあの人を〝選んだ〟」

僕は自分を抑えることができなかった。

あの時。パパとママが離婚を決めたと聞かされた時、僕は、ママのために物分かりのいいフリをしたんだ。ママを困らせたくないと思ったから。

でも……なんか限界だよ。僕が困った時は、誰を頼ればいいの？　僕はそう問いかけたかった。

ママは何も言わず、僕をそっと抱きしめる。

その力は段々強くなるけど、ママの温かさを受け止める余裕が、今の僕にはなかった。

♪

虹輝が店のドアを開けて入ってきた時、少し戸惑った。

私に笑顔を見せているけど、その笑顔の向こうで何かあったのだろうとすぐにわかったから。

客足が途絶えたのを見計らって、私は虹輝の隣に座った。虹輝から、「三者面談」の用紙を渡されて、一樹との仲がうまくいっていないことを悟った。

私が時間を作って行くことは構わない。むしろ、学校で虹輝の様子を担任の先生に聞いてみたい気持ちもあった。でも……家を出た身で、そんな出しゃばったことはしてはいけない……。いろんな気持ちを抑えて、まず虹輝にたずねた。

「……父さんには相談してる？」

虹輝は、まるで答えを用意していたかのように、

「あの人がなんて言うかはわかるから。好きなことをひたすらやれ」

と矢継ぎ早に答えた。私も、あながち間違っていない気がして、それ以上答えることはできなかった。

一樹は、何事も本人の気持ちが一番大切だと思っているタイプだけど、それが時

に、突き放されたように感じてしまうこともあった。もちろん、自分の将来は自分で決めなければ後から後悔する。でも、大事なことだからこそ、大切な人の言葉が欲しかったりする。それが後押しになることもあるし、新しい考えに自分が覚醒することもある。私も、ことあるごとに、一樹自身がどういう考えなのか、その時々の私が、どう見えているのかを知りたいと思ったことがあった。

本当に、ただ知りたい……というような。

それがわがままに繋がるのかどうかは……いまだにわからないところもある。

虹輝はまだ高校二年生。

ごく普通の高校生で、そんなに特別な経験を積んでいるわけでもない。自分自身が何に向いているかもわかっていないのだから……一番身近な父親に相談したい気持ちがあるに違いないのに。

予備校に行きたいと思っていることも一樹には伝えていないのだろうか。父親を〝あの人〟と呼ばせてしまうくらい虹輝が追い詰められていることに申し訳なさも感じた。けれど、〝あの人〟とはこれ以上言わせてはならないと思って窘めた。

「親のこと、〝あの人〟なんてやめてよ」

お願いに近かった。離れて暮らしていることで、彼を窘めることを躊躇してしまう自分がいる。まだどうしても負い目があると思っていると、虹輝は一樹を〝遠くにいる人〟と言い換えた。そんなにコミュニケーションを取っていないのだろうか。

私がまだ家にいる時は、男同士の結束が固くて、私だけ入れないような時もあったのに。

周りから比べられるだなんて、何があったんだろう。

父親への憧れが、いつの間にか嫉妬に変わってしまったのだろうか。それだけ大人になった証拠なのかもしれないけど、彼の心に悪影響を及ぼしていたら危険だ、今日はちゃんと向き合って何があったのか話を聞こう、そう思った時、虹輝はまっすぐ前を見て口を開いた。

「俺は父親を選べる」

選べる？……。誰を選ぶというの？　貴方の父親は一樹なのよ？

私は胸の鼓動が速まった。

子供がここまで言うには相当な覚悟があるのだろうか。戸惑っていると、虹輝は続けた。

「ママ、再婚するんでしょ？」

私は、胸が締め付けられるような罪悪感に襲われた。

いずれ時をみて、虹輝には自分の口から話すつもりだった。でもまさか、気づいていたなんて思いもよらなかった。

自分が情けなくて私は虹輝から目を背けた。

虹輝の目は私を捉えて離さない。

「俺が今すぐにでもママのところに行って、その人のことをパパって呼べばいいんだよ」

「何言ってんの」

こんな言葉しか出てこない。そこまで今の生活に不満があるのだろうか。

本当に私と生活したいと思ってくれているなら、それはそれで受け入れる。でも、虹輝の父親は一樹だ。一樹が虹輝のことをどれほど想っているかは知っているつもりだ。虹輝が一樹以外の人間をパパと呼ぶ姿は想像できない。

私が言葉を探していると、虹輝は追い打ちをかけた。

「ママが言ったんじゃないか。パパとママどっちにするか決めろって。……あの時頭が真っ白になった。ママの言ってることがよくわからなかった。信じられなかった……だからあの人を〝選んだ〟」

私は打ちのめされた。

虹輝の瞳には怒りと悲しみが溢れ、声が震えている。

あの時、もっと彼の気持ちを聞いてやればよかった……もっと私に対して憎しみを吐き出させれば良かった……彼の心の傷は、私が考えているより何十倍も大きかったのだ。

こんな悲しみに溢れた顔、あの時でもしなかった。今よりもっと幼かったのに……。彼に、しなくてもいい経験をさせてしまった。

父親を〝あの人〟と呼ぶような気持ちにさせたのは、一樹だけのせいじゃない、母親である私にも責任がある。彼を孤独に追いやったのは、家庭より仕事を選んだ私の罪だ。

物分かりの良い子供を演じさせてしまって、私はそれに甘えたんだ……どっぷりと。

ごめん、ごめん虹輝。

私は何か言うより先に虹輝を抱きしめた。

彼をこれ以上、孤独にさせたくない。

彼がもっと夢を持てるようにしてあげたい。何があっても、あなたの味方であることを誓いたい……この気持ちに嘘はない。

私の腕の中の虹輝は、小さく震えていた。

収まるまで、いつまでも抱きしめていたかった。


♪


久しぶりに女性の買い物につき合った。

俗にいう、女性の買い物につき合うことが嫌いな男が多いという話は、俺には当てはまらない。相手が楽しんでいると自分も楽しいものだ。

俺たちの仲は、半年くらい経っただろうか。

真香と一緒にショップを回るのは、無理なく自然体でいられて楽しい。天気も良かったので、俺たちは開放的な気持ちで歩き回った。いろんな店に立ち寄って、真香の好みを知るのも嬉しいものだった。

俺は真香の洋服が入った彼女のお気に入りのブランドショップの袋を持って歩く。そういうのも全く嫌じゃない。俺は手ぶらだし、単純に、女性が重そうなものを無理して持つくらいなら、側にいる男が持ってやればいい話じゃないか。

真香は、いい買い物ができたのか、嬉しそうに言った。

「なんか時間がないとこ付き合わせちゃったね」

「いや。俺が勝手に来たから」

真香が買い物に行くと言ったので、喜び勇んでついてきたのだ。少しの時間しかなくても、会える時は会いたいと思っていた。

持っている袋の中のドレスを試着した時の姿を思い出した。

「あ、これ似合ってたよ」

本当によく似合っていた。もっと褒めたい気持ちを抑えて、さりげなく言った。

「ありがとう。結婚するのは妹なのに、いざとなったら何着たらいいかわかんなくなっちゃって」

真香は照れ臭そうに笑う。そんな控えめなところが可愛くて俺も笑ってしまう。

いい天気だ。このまま一緒にどこかに行きたい気分だったが、真香が俺の予定を気にしてくれた。

「あ、時間？」

この後、俺は打ち合わせが入っていた。仕方なく時計を見た。

「あー、まぁそろそろかな」

「うん」

本当なら、もうちょっと一緒にいたい。真香の返事も、同じ気持ちのように思えた。真香と一緒に歩くと歩調が合う気持ちよさに包まれる。

俺は、伝えておきたかったことを今言いたいと思った。

「あ……あのさ……」

「うん」

「今度、息子に会って」

真香は、静かに驚いて何も答えない。

「そろそろ、そういうタイミングだと思う」

沈黙が続いて、足音だけが響いてくる。真香が静かに笑い出したので、俺は思わず真香の顔を見た。

「……それ、今の気分で言ったよね？　私そんなに妹の結婚に焦ってるように見えた？」

「あ、いや、そういうわけじゃなくて……今の気分で言ったけど、でも……間違ってない」

そう、正直な気持ちだ。今だからこそ言いたいと思ったんだ。真香とは、いつか一緒になりたいと、真面目に思っていた。これからの人生を、同じ時を刻みたい、俺がそう思える大切な人に、虹輝にも会って欲しかったのだ。

真香の沈黙が、何かを考えているようで怖い。

真香は静かに答えを出した。

「……ダメ。前の奥さんの再婚話もあるんでしょ？」

「え？　それが問題？」

周子の再婚は、本人から電話がかかってきて聞いていた。素直におめでとうと思えた。俺は全く気にしていなかったので、少し笑ってしまった。

「虹輝君にとっては、きっと……」

「……」

そうだった。真香の言うことには一理ある。

「……でしょ？」

「……まぁ、そうだね」

一番考えなくてはいけない虹輝の気持ちを置いて、俺は自分の気持ちを優先していたことに気付いた。

このあいだ、虹輝に言われた言葉が蘇ってくる。俺は自分勝手なことばかりで、みんながそれに合わせてくれている、と。

「……私、一樹さんと一緒にいると、結構寂しくなっちゃう」

「……」

寂しい？　思いもよらない言葉だ。俺は驚いて真香の顔を見た。

真香はうつむき加減に、丁寧な優しい口調で続ける。

「一樹さんって今を生きてる人だから。その分、なんていうか……先のこと想像できないっていうか……結局は今だけなんじゃないかって思って……」

真香は歩くのをやめて立ち止まった。

俺も立ち止まる。

「それが一樹さんのいいところでもあるけど……私はちょっと……不安かな……」

「……」

真香の優しい視線が、ナイフのように突き刺さってくる。

思わず視線を逸らしてしまう弱い自分がいた。

「ごめんなさい……」

真香は、絞り出すような小さな声を出す。

こんなこと、言わせたくなかった。

「俺、知らないうちに、君のこと傷つけてる？」

俺は真香の目を見つめた。

真香の瞳も俺を捉えている。でも次の瞬間、視線を外した真香は、俺の手から荷物を受け取り、言った。

「……ありがとう」

真香はそう言って、俺に背を向けて去っていく。その背中がどんどん小さくなって……。振り返ることもなく、ただ小走りに去っていく。

追いかければいいのに、追いかけられない。

俺は、これ以上彼女に言うべき言葉が見つからなかった。

彼女の不安をわかってあげられなかった自分に苛立ち、小さくなっていく彼女の背中を見つめることしかできなかった。


♪


「今度、息子に会って」

一樹さんの言葉が、逃げるように走っている私の頭の中に、何回も復唱される。言われたことが、嫌だったんじゃない。むしろ、虹輝君には会ってみたかった。でも、今じゃない。

虹輝君にしてみれば、母親が再婚する上に、父親まで彼女を連れてきたら、身の置きどころのない、さみしい思いをするに決まってる。万が一、一樹さんと虹輝君の父子関係が、そういう世間一般の常識的なとらわれを超えて、お互いの人生を尊重している、わかり合える関係だったとしても。

私の気持ちは、どこにあるんだろう……。

妹が結婚するからって、私が焦ってるとでも思われたりしたのなら……。

そんなこと、一番思われたくない。私は、仕事もして自立しているし、結婚だけが幸せだとも思ってない。

一樹さんが今の思いを口にする前に、せめて、私がどういう将来を思い描いているかくらい、訊いて欲しかった。

どんな時も、今を楽しむ一樹さんが羨ましい。

でも、時々私は置いてけぼりになっているような気がしていた。隣にいるのに、楽しさとの裏腹で一人でいるように感じてしまうことを、私は言葉にしてしまった。

「私、一樹さんと一緒にいると、結構寂しくなっちゃう」

その言葉に、一樹さんは何も言えなくなっていた。

私がそう感じていたことを、キャッチしてくれたことあるのかな。

一樹さんの、今を楽しんだ先にある将来が、私にはわからないことだらけだった。

私もいけなかった。

その時々に言葉にすればよかったんだろうけど、不安を感じると、それは疑いに変わって、自分の中に秘密のように仕舞い込んだ。どこか、違う、寂しいのは勘違いだ、と勝手に思い込んだ。その秘密を探ろうと、自分の中から出て来る名探偵の存在も打ち消した。

なぜなら……。今を楽しんでいる一樹さんを邪魔したくなかったし……別の私は、一緒に楽しんでいることもあったから。

私は、一樹さんに対する憧れが強すぎたのかな。結局、自分を抑えて遠慮していたのかもしれない。

もう、なんだか疲れちゃったのかも……。

「一樹さんって今を生きてる人だから。その分、なんていうか……先のこと想像できないっていうか……結局は今だけなんじゃないかって思って……それが一樹さんのいいところでもあるけど……私はちょっと……不安かな……」

私が言ったのは正直な気持ちだった。

なるべく一樹さんを傷つけないように言ったつもりだったけど。

「俺、知らないうちに、君のこと傷つけてる?」

やっぱり、気付いてなかったのかな。

そう思うってことは、今、自分も傷ついたのね。

私は結局、こんな形でしか自分の想いを伝えられなかった。

弱い自分がイヤになる。

「……ありがとう」しか言えなくて、私はその場から、すぐにでも消えたくて、一樹さんに背を向けて走り去った。

彼がどんな顔で、どんな想いでいるのか、振り向いて確認したい気持ちを抑え込んで。

人生の壁とおべんとう、の三年生

月日が経つのは早い。

虹輝は高校三年生になった。

新学期が始まり、今日からまた弁当作りが始まる。今までの二年間、なんだかんだといいながら、俺は、お弁当を一日も休まず作っている。虹輝も、約束通り一日も休まず学校に行っている。

朝早く起きて弁当作りをしていると、静謐《せいひつ》なひとときを感じることができる。

俺にとって大事な時間だ。料理も手慣れてきて時間配分もお手の物になった。

三年生初日は、虹輝の好きな定番メニューといこう。

ピーラーで平たく剝いた人参とオクラは、さっとお湯に通して、氷水でしめる。

そうすると、緑とオレンジの発色が鮮やかになる。

赤ピーマンと緑ピーマンを一口大に切り、海老と一緒にナンプラーで炒める。

オクラと人参の肉巻きを、美味しそうな焦げ目がほんのりつくまで焼き、酒、みりん、醬油を絡めて焼き、味をしみこませる。

肉巻きを輪切りにすると、断面にオクラの星形が表れて美しい。

虹輝はこの星形の肉巻きが大好きだ。毎日でも入れて欲しいと言われたこともある。

そして定番の塩昆布入りの卵焼きと、焼き塩鮭。

ゆでブロッコリーとプチトマトも忘れずに。

買ってきた食材は、お弁当に使いやすいように小分けしておくと、毎朝が楽になることも覚えた。

豚ロースは、一枚ずつラップに包む。

塩鮭もお弁当サイズに切っておき、一切れずつラップに包んでそれぞれ保存袋に入れる。
野菜は、それぞれ切ったものを保存袋に入れる。
保存袋には、食材の名前と日付を書いて、それぞれ、冷凍室に整理して入れる。
冷凍室を制する者は、保存食を制する！
こうしておけば、朝の時短に繋がるわけだ。

冷めたおかずを、二段式の曲げわっぱに詰める。
ご飯は、白米にゴマ塩をかけて梅干しをのせて出来上がり。
「よし」
俺はいつもの日課の弁当の写真を撮る。
この弁当写真も、いったい何枚になったものか……今度数えてみようかと思う。
藍染《あいぞめ》のお弁当袋に包んで、デスクの上に置いた。
今日は初日だ。
俺は先に出かけるから、またメッセージをポップにして書こうと思った。
『三年生も楽しくいこう！　春弁当！』
大事な時期だ。受験に負けないよう過ごして欲しいと願った。

ライブハウスには、いつもより早く到着した。

ここは、俺の好きなライブハウスの一つで、何より、オーナーと馬が合う。

店内に入ると、マネージャーの徳永とオーナーが談笑していた。俺は元気よく声をかけた。

「お疲れっす」

「あ、おはよう」

オーナーは笑顔で出迎えてくれる。これが気持ちいい。

「あ、オーナー」

「今日もよろしくね」

オーナーは、さっと手を出してくれるので、俺は、「お願いします」と握手をした。オーナーの明るさと気さくなところが、今日のライブをやる気にさせてくれる。

徳永は満足そうに俺の顔を見ながら言う。

「珍しい。一番乗りですよ」

「まじで?」

意識はしてないが、一番乗りは気分がいいものでもある。するとオーナーが、

「いつも見てるよインスタ」

と声をかけてくれた。

「あ、ほんとすか」

俺は素直に嬉しかった。

「うん。もう三年だね？」

「そうですね」

オーナーまで見てくれてるとは、思いもよらなかった。虹輝が三年生になることもわかってくれている。こうやって、彼の成長を感じてくれているのは、見守られているようでありがたいことだ。

「虹輝君、受験ですもんね」

改めて徳永に言われて、俺は、「ね」と、自分に言い聞かせるように言った。また、いろいろと乗り越えることがあるだろうなと思う。

するとオーナーが、またも思いがけないことを言ってくれた。

「卵焼き、むちゃくちゃ美味しそうだね」

「あ、もし良かったらレシピ書きます？」

「教えてよ」

「教えます、教えます」

俺は徳永に、「紙ある？」とたずねたが、「あー紙」と、徳永も持ってなさそうだ。俺と徳永があわてて自分のカバンを探り始めると、「まぁ、ミュージシャン紙持たねーからな」と言われ、もっともだと三人で笑った。

こうやって身近で大好きな人が、俺が作る弁当を気にしていてくれると思うと、俄然《がぜん》やる気になるものだ。

その日の『Ten 4 The Suns』のライブは、ご機嫌なライブだった。

俺は、取り憑かれたようにギターをかき鳴らした。

勿論、いつもご機嫌じゃなきゃ、プロじゃない。でも、善し悪しは多少なりともあるのが現実だ。でも、ここでのライブは、いつもいいライブで終わる。よほど良い音楽の神様がついているんだろうと俺は感じている。

数日後。

俺と栄太は、あるバンドのゲストとして呼ばれ、レコーディングスタジオにいた。休憩時間、ロビーで珈琲でも飲もうと思い、栄太と向かった。俺は、コーヒーメーカーから二人分の珈琲を注ぎ、ソファに座っている栄太の分を渡した。

「はいよ、お待たせしました」

「おいーどうも」

俺もソファに座って珈琲を飲む。一息つける瞬間だ。すると、奥の扉が開いたと思ったら、栄太が入ってきた人物に声をかけた。

「あ……お疲れっす」

俺も振り向いてその人物を見ると、それは真香だった。

真香は、若干気を遣ったように俺の方を見て、いや、俺たちに向かって挨拶をした。

「お疲れさまです」

「……」

俺は言葉が出ず、視線を落とした。大人げない。

真香が俺たちの前で立ち止まると、栄太が気を遣って話し出した。

「あの……ゲストで来てて」

「あ、そうだったんですね」

「うん」

真香は、何食わぬ素振りで栄太と話すが、俺は話に加わることができない。自分では素知らぬフリをしているつもりだ。話したいのはやまやまだが、もう、あれから半年以上経っている。連絡をしようと思いながら、いざとなると気が引けた。その繰り返しで日々ばかりが過ぎていった。大人げないのは重々承知だが、どう話したらいいのか……。

わからないこと自体、意識をしている証拠だった。

お互い、ちらっと目が合う。

真香の一瞬の沈黙は、次の言葉を探しているのだろうか。

「あ、じゃあ、またぜひ」

真香は栄太に向かって言った。

「うん、またぜひ」

栄太が俺たち二人に気を遣いまくっているのがわかる。俺は栄太と一緒に、お愛想で頷くことしかできなかった。

階段へと去っていく真香を眺めていたら、栄太が口を開いた。

「……なんで別れたの?」

「……別に……」

俺は珈琲を一口飲んだ。

なんで？　と言われても、俺もはっきりとは説明できない。ただ、真香の気持ちを尊重したことは確かだ。だが、改めて思うことはある。もう一度、ちゃんと話すべきだったんじゃないかと。

自分の気持ちを正直に伝えるべきだったんじゃないか？

今、真香の存在を目のあたりにしたら、はっきりとそう思った自分がいた。


♪


階段を降りる足に力が入ってない感じがする。

まさか、一樹さんと出くわすとは思ってなかった。

ゲストでスタジオに来ているなんて知らなくて迂闊《うかつ》だった。本当は休憩時間に珈琲を飲みたかったんだけど、飲まずに帰ってきてしまった。

ロビーのドアを開けた時、栄太さんの顔が目に入って、すぐに後ろ姿の男性が、一樹さんだとわかった。一瞬、そのままドアを閉めて戻ろうかとも思ったけど、栄太さんの「……お疲れっす」に救われて、そのまま入ることができた。

一樹さんから、おう、元気？　とか普通に声をかけられるかと思ったのに、彼はスッと私から視線を落としていた。普通に話してくれればいいのに……。

気にしているようで、それが私には意外だった。

あれから半年間、一樹さんから連絡はなかった。

どこかで期待している自分もいたけど、連絡もできないくらい傷つけてしまったのかもしれないし……もしくは、そのくらいの存在だったのだろうかと、イジイジとする自分もいた。

自分から連絡しようと思わなかったわけじゃない。

電話して、ただ声が聞きたいと思ったこともある。

『Ten 4 The Suns』のアルバムを聴くと、なおさらそう思った。

私は、Ten 4の一樹さんじゃない彼を知っている。

それが優越感なのかなと自問自答してしまう自分が辛いこともあった。でも、彼の歌声を聴いていると、不思議と楽しかったことばかり思い出された。その歌声や詞の世界を形成している、彼の人間性や生活を、少しばかりでも知っているから、余計に思い出してしまう。それがまた辛いから、最近はアルバムを聴くことを封印してしまっていた。

それでも、さっき出会ってしまった時は、私なりに頑張って大人の対応とやらをしたつもりなのに、一樹さんは、目が合っても逸らしてばかりだった。

あの態度はどういう意味なのだろう。

いっそのこと、普通に話してくれれば、私は、『Ten 4 The Suns』のアルバムを、一ファンとして聴くことができるのに。

でも……そういう自分も、一樹さんを十分意識していて、普通に接しているとはいえない。

時間が解決するって……本当だろうか。


♪


僕は、高校三年生になった。

何か楽しいことが待っているわけでもなく、大学受験という、やらなければいけないことがたくさんの日々を過ごしていくのかと思うと、ナーバスになる。

正直、大学に行くかどうかは悩んだ。今の僕は、何がやりたいのか、何者になりたいのか、まだ模索している最中だった。高校に入れば、将来の自分を見つけられるかなと思ったけど……、残念ながらまだそれがない。父さんみたいな特別な才能があるわけじゃないし、もう少し考える時間が欲しい。とりあえずは大学に行って、どんな道に進んでもいいように下準備をしておこうと思った。

いつものように起きて、いつものようにリビングへ向かうと、父さんはもう出かけていた。僕は、デスクの上のお弁当を手に取った。またポップが置いてあったけど、見る気にもなれず、そのまま家を出た。

三年になってから変わったことの一つに、予備校通いがあった。僕は大学には現役合格したいと思った。ヒロミと章雄も一緒に通っているので、学校が終わると、ファストフード店で、ちょっと腹ごしらえして予備校に向かう日もあった。

三人掛けの長テーブルに、一緒に座って授業を受ける。いつも章雄が真ん中に座るのが、定番となっていた。

今日は古典の授業だ。

「はい、じゃあいいですか。じゃあ最初の一文からいきますよ。はい、『さて、九月《つき》』、これクガツって読むなよ。『さて、九月ばかりになりて、出《い》でにたるほどに、箱のある手まさぐりに開けてみれば』」

僕は講師の言葉を、一字一句、書き逃すまいと必死でノートを取った。また同じような失敗はできないからだ。僕の横でノートを取っていた章雄は、急にシャーペンを投げ出して、頭をかいてもがき始め、かと思うと、ヒロミに話しかけた。

「ヒロミ、ねぇヒロミ」

「なに?」

ヒロミは面倒くさそうに答える。

「あの先生の言ってること、ぜんっぜんわかんない」

「は? うるさいから。シー」

「ヒロミ先生、助けて」

章雄は手を合わせて、ヒロミを拝み倒している。

「ねぇ、聞いてりゃわかんの」

ヒロミの言い分はもっともだ。章雄も今言わなくてもいいのに……。呑気すぎる。

僕はイライラして二人を見た。章雄は僕に気づくこともなくまだ続ける。

「冷たいな～。友達じゃん、俺ら友達じゃん」

「うるさいな」

ヒロミは一蹴《いっしゅう》する。そうだよ、うるさいよ、章雄。

とにかく、二人とも静かにして欲しいと願いながら、僕は授業に集中した。

最後の授業が終わって、たくさんいた受講生もまばらになっている。僕と章雄とヒロミは、ホワイトボードに書いてある今日の授業のポイントを必死に書き写していた。しばらくすると、章雄が言った。

「よっしゃ、終わったー」

章雄は、書くのは速いけど、頭に残っているかは疑問だ。ヒロミも終わったらしく、二人でノートと筆記用具をカバンに仕舞いながら、何やらアイコンタクトをしてほくそ笑んでいる。するとヒロミは明るく僕に話しかけてきた。

「虹輝！　虹輝、提案です！」

と挙手するヒロミ。

「提案です！」

章雄も手を挙げてヒロミの真似だ。

「今度の土曜か日曜に、みんなでパーッと息抜きで遊びに行きません？」

「行きません？」

ヒロミの真似のリピートだ。

「だってね、受験で追い詰められちゃう前にさ、行っとこうよ！」

ヒロミの言葉に、章雄も嬉しそうに頷いている。僕は、二人共、よくそんな呑気なことが言えるなと思って言った。

「……俺はもう追い詰められてるよ」

僕は気を取り直して、ホワイトボードに視線を戻して続きを書いた。

「ちょっと、何言ってんの。考えすぎだよ」

ヒロミが、半笑いで言ってきた。考えてないのはヒロミ達の方だ。僕の立場もわかってもらいたいものだと思い、僕はさらに言った。

「これ以上窮屈なのはイヤだから、年下に囲まれて」

「……窮屈？　私たちのこと？」

「……窮屈っていうか、違和感っていうか……」

「違和感？」

ヒロミの声は曇ってくる。

ヒロミと僕の間に座っている章雄は、僕たちのやりとりを、テニスの試合を見るように首を振って様子をうかがっていたけど、雲行きが怪しくなってきたので取りつくろってきた。

「もー、すぐ頭ん中ツメツメになっちゃうんだから、虹輝君は」

そう言って僕を小突く。笑わせようと思ったのかもしれないけど、全然面白くない。僕は決定打を放った。

「……お前らにはわかんないよ。俺とは全然違うから」

空気が張りつめた。

二人が引いているのはわかったけど、僕はノートに目を移した。

「ちょっと……なにその言い方⁉」

ヒロミが大声を出した。

「まあまあまあ」

章雄が、怒りが止まらなくなりそうなヒロミをなだめようとした。

「一緒じゃん！　受験でいっぱいいっぱいなの一緒じゃんか！」

ヒロミは、他の受講生がいるのにまったく気にする様子はない。僕は、ヒロミの大声につられたのか、イラッときた感情がマックスになって、机を叩いて言った。

「俺もう……俺はもう失敗できないんだよ！　ちゃんと自分の居場所を見つけなきゃいけないんだ！　遊んでばっかりのお前らとは違うの！」

「……」

ヒロミは何も言わず、僕をぐっと睨んだ。ヒロミの視線の強さに僕は思わず目を伏せて、書きかけのノートを見つめた。こういう時、自分で言っておきながら、弱さを感じて嫌な気持ちになる。

またもその空気を読んだ章雄がなんとかこの場をしのごうと、

「……あ〜ごめん！　あー俺が謝ればいい？　ごめん、俺が謝ればいい？　あ、俺が謝ればいいんだ。俺が、あ、俺が謝りゃいい」

ピエロみたいに笑いながら言った。

そういうのは、今はいらないんだよ、章雄。

ますます腹が立ってくる。

「行こ」

ヒロミは怒って立ち上がって、カバンを持って去っていく。

「な、な。ごめん、な」

もはや何に謝っているのか、章雄は必死に、僕に訴えてくる。

「行こう！」

僕の背後から、ヒロミが章雄を呼んでいる。

章雄は、僕を置いていくべきかどうか、悩んでいるようだった。

悪いけど……今はほうっておいてくれ。

章雄は、仕方なさそうに怒り心頭のヒロミの元へ向かって行く。

二人は、僕を置いて帰って行った。

言い過ぎたかもしれない……でも、僕は本当に必死なんだ。二人とは立場が違うことをわかってもらいたいんだ。わかってくれないから言ったんだ。

僕は悪くない……。

そう思い直して、僕はひとり勉強に戻った。

翌日、学校でヒロミと話すことはなかった。

章雄は、なるべく普通に接してくれたけど、ヒロミに気を遣っているようだった。

当然昼休みも、ヒロミは、他の女子とお弁当を食べていた。気にするのはよそうと思うけど、楽しそうな笑い声が聞こえると、つい、ちらっと見てしまう自分がいた。

章雄は、そんな僕に気付いているのか、わざと話題を変えたりした。面白かった芸人の話とか、コンビニの新商品のスイーツの話とか……。話を聞いてはいたけど、あんまり内容が頭に入ってこない。章雄と二人っきりの昼休みは、いつもより、ちょっと長く感じた。

学校の帰り、僕は『Ruby on』に向かった。

用事があったわけじゃないけど、なんとなくママと話をしたいと思った。

『Ruby on』のガラスドアの前まで来て、ふと足が止まった。

中を見ると、僕がいつも座るカウンターの特等席に、男の人が座っている。ママがカウンター越しに、その男の人と楽しそうに話しているのが聞こえてくる。

「今日はね、いい辛み大根と水なすが入ったから持ってきた」

その男の人は、ママにだけ笑顔を向けて野菜を見せる。

「えーいいね。美味しそう」

ママの声は明るい。

「あとこれはサービス」

男の人は野菜がたくさん入った箱から栗を出してママに渡した。

「え？　ほんと？　ありがとう」

ママは、あんまり見たことがないような笑顔で喜んでいる。カウンターから出て来て、その男の人に寄り添うように立った。

きっと……ママの恋人だ。

前にも、あの男の人が店に来ていたのを見たことがある。有機野菜をお店に卸している人。

あんな笑顔、久しぶりに見たな……。

「いつもすみませんね」

一緒にお店を経営している佐藤さん夫妻も、その男の人のところに来た。男の人は「はい、納品書」と差し出す。奥さんが、納品書を受け取って言った。

「山井さんが持ってきてくれる野菜、とっても新鮮でおいしいのよ～」

山井さんて、いうのか……。初めて聞いた名前。ママからもまだ聞いたことがなかった。

「そう、ホント助かってます。素材がいいから料理しがいがありますよ」

佐藤さんもすごく嬉しそうだ。

「よかった」

山井、さんは、深々と頭を下げた。

従業員の人達も、その男の人の周りに集まってくる。お客さんがいないひとときが、この山井という男の人が来たことで、すごく楽しそうだ。

「あとね、これ。バターナッツかぼちゃ。スープにするとね、すーごく濃厚なの」

「へぇ～」

一番楽しそうなのは……ママだ。

皆に頼りにされている山井さんのことを、誇らしげに見ているように思えた。

目の前にママがいるのに、今のママは他人みたいだ。

僕は、ママにとって、自慢の息子じゃないんだろうな……。

僕はこの店で、ママがあんな笑顔をするような話をしてあげたこともない。

突然、この世界で自分の気持ちをわかってくれる人など一人もいないような、ものすごくさみしい気持ちになった。

僕は、店の中に入れなくて、そのまま来た道を引き返した。


家に帰ると、父さんがキッチンで、夕食の食器を洗っていた。

「あ、おかえり」

いつものように明るく出迎えてくれる。夕飯は食べて帰ると伝えていたから、僕の分の食事はないだろう。僕がカバンから弁当箱を出すと、「そこに置いといて」と言われた。いつもだったら、自分で洗うし、ちょっとした学校の話をしたりするんだけど、今日は何も話したくなかった。

僕は黙って、弁当箱をキッチンのカウンターに置いて、自分の部屋に消えた。


翌朝、体が鉛のように重かった。

ずっと心の中でモヤモヤが続いて、いろんなことが頭の中を駆け巡った。ヒロミと章雄に言ってしまったこと、ママの恋人らしき男の人のこと、何も決まってない将来、そんな僕をあんまり心配してなさそうな父さんのこと……。心にひっかかっていることがかわりばんこに頭に浮かんで、よく眠れなかった。うつらうつらとできたのは、ほとんど朝方だった。寝不足のまま、なんとか体を起こしてリビングに行くと、父さんの姿はなかった。

デスクの上には、お弁当とポップが置いてある。

僕はそれらをちらっと横目で見て、冷蔵庫から牛乳を取り出してグラスについだ。

無心でごくごくと牛乳を飲む。

なんとなく穏やかな気持ちになってくる。

飲み終わって、父さんが書いたポップを改めて見た。

『炊飯器に炊き込みご飯あるぞ！　おかずは冷蔵庫のを温めて　次は一緒に福島行けるといいな！』

父さんは福島に行ったのか……。磐梯バンドかな。

今日はきっと帰れないだろう。

昨夜は、何も話さなくて悪かったかもしれないけど。今の僕は、誰とも話したくないから、これはこれでありがたいと思った。

今日は、福島の音楽フェスに出演するために早朝から車で出かけた。福島県双葉郡富岡町で開催される「とみＲＯＣＫ」だ。これには、鈴本一樹ひとりで出演するのだ。

♪

機材を車に積もうとして、ふと、虹輝の部屋の窓を見上げた。昨夜、帰ってきてから、何も話すことなく自室に閉じこもっていた。階段を上がっていく重い足取りが聞こえて、何かあったんだろうなとわかる。こういう時、こっちから話しかけるべきか悩む。しかし、高校三年生にもなれば、当然いろんなことがあるだろう。恋愛、友人、受験……。俺に話したくないこともあるだろうし、自分でとことん考える時間も必要だと思うから、あえてこちらは黙っていたほうがいいだろうと思っている。本当に相談したいことがあれば、虹輝なら、きっと話をしてくれると思うから。

学校が休みなら、一緒に福島に行き、俺のライブを見て、おばあちゃんの手料理でも食べて、のんびりとリフレッシュさせてやりたかったが……親のほうから学校を休めと言うわけにもいかない。帰ったら、また好きな料理でも作ってやろうと思った。

俺は車に機材を積んで、福島へと向かった。

年に一回か二回、俺はこの道を通る。

二〇一一年三月十一日、東日本大震災が起こり、故郷の富岡町と川内村の一部は福島第一原発から二十キロ圏内の警戒区域になった。当時は住人も警戒区域全域に入ることができなかったが、今はほとんどの地域で戻れるようになっている。この富岡駅の裏側の通りは、両脇に防潮堤が建設中だ。訪れる度に復興は進んでいるが、最初に戻った時の衝撃はどうしても頭から消えない。

俺は高台に上り、遠くに見える福島第二原子力発電所を見つめた。

波打ち際は、あの時の絶望を打ち消すような穏やかな波だ。この穏やかさがずっと続くことを願う。だがそんな自分とは裏腹に、この目の前のものを、どこか息苦しさを覚えて見つめてしまっていた。

その時、スマホのバイブが鳴った。覚えのない番号だが、俺は電話に出た。

「はい、もしもし……ああ、そうですけど……えっ？」

俺は、相手の話を聞いて静かに電話を切った。

あってもおかしくないことだが、あってはいけないことが起こった。いや、なんとなく胸につかえていたのは、このことなのかと思った。

俺は真っ先に虹輝に連絡を取るが、虹輝は電話に出ない。何度かけても出ない。

俺は、周子のスマホに電話をかけた。

なかなか電話に出ないのは、店が忙しいのかもしれないと思ったが、俺は呼出音を鳴らし続けた。周子は、小さな声で電話に出た。

「もしもし？」

声を潜めているのは、お客がいるからだろう。

「あ、忙しいとこごめん」

「ううん」

周子のスマホの向こうから厨房で忙しく調理している音が聞こえる。俺は率直にたずねた。

「虹輝から連絡ない？」

「え？ ないけど、どうかした？」

「いや、今、学校から電話あってさ、虹輝が無断欠席したらしいんだ」

「え？ どういうこと？」

「いやー、わかんない。電話しても出ないしさ。俺、今福島にイベントで来ててさ。

すぐ帰れそうもないんだよね」

周子は黙っている。俺が、何か知ってるのか？　とたずねようと思った瞬間、周子が口を開いた。

「あのね……」

「ん？」

「以前、スゴいこと言われた……」

「何？」

スゴいこと……。周子の声からは、それを聞いた周子自身がショックを受けたことが感じられたので、俺は構えた。

「自分は父親を選べるって」

「……」

正直、ドキリとした。言葉が見つからなかった。俺は父親として、虹輝の望むように向き合えてなかったのだろうか？

「ねぇ、あの子大丈夫だよね？」

「うん……」

わからない。何が虹輝の中でどうなって、そんなことを言うのか……。でも、決しておかしな真似だけはしないことは確信していた。それは大丈夫だと。

「とにかく私からも連絡入れてみるから」

「……わかった」

俺は電話を切って、海沿いを見下ろした。さっきまで穏やかだった海は、少し荒れてきているように思える。息苦しさが増した。周子の声も、とても焦っているのがわかった。今は夫婦として、同じ方向には向いてないが、お互いの立場で虹輝を見守ってきていたつもりだった。でも、それだけでは虹輝にとっては物足らないのは当たり前だったんだ。それは、俺たちの責任だ。俺たちが別れたことにこれまで特に文句を言わなかった虹輝が、理解をしてくれていると思っていたこと自体が、甘えだったのかもしれない。

虹輝はいま、どこにいるんだろう。

俺でも、周子でもどっちでもいい。虹輝を心配して思っていることが、早く彼に届くことを願った。

「とみＲＯＣＫ」の会場、富岡町文化交流センターの楽屋の中でも、虹輝からの返信を待った。こういう時は、時間がものすごく長く感じる。本番前の緊張感とはまた違う緊張を感じていた。

トントンと楽屋をノックされ、俺が「はい」と答えるとスタッフが入ってきた。

「失礼します。鈴本さん、お願いします」

「はい、今行きます」

俺は、いつもだったらOFFにするスマホの電源を切ることはしなかった。

虹輝から連絡がきた時、電源が入ってなかったら、さみしい思いをするかもしれない。その時に俺が出られなくても、それはきっとライブ中だと思ってくれるだろう。電源を切っていると、関係を切っているみたいで嫌だった。

俺は、帽子と革ジャンを摑んでステージへと向かった。


♪


僕は、初めて学校を休んだ。

行こうと思ったんだ。だから、制服を着て外に出た。でも、どうしても正直な心と体が学校には行こうとしなかった。僕の足は、城南島海浜公園に向かっていた。

僕は、石垣に座って海を眺めた。

僕は……なんでこんなにモヤモヤしているんだろう。なんで、こんなに腹が立つんだろう……。受験で焦っているのは、僕の勝手だ。まわりのみんなに余裕があるように思えてしまうのは、僕がすでに一浪しているからで、それは僕の事情なのに。

それなのに、自分の勝手で友達を傷つけた。

ママの恋人のことだって、ママは僕の母親だけど、いまは独身の一人の女性でもあるんだ。結婚したって全然おかしくない。ママに好きな人ができたからって、僕がママの子供じゃなくなるわけじゃない。

父さんだって、僕に無関心のように思えるけど……僕が父さんに、いろいろ話をすればいいんだ。受験の相談もすればいいんだ。

どうして、自分に自信が持てないんだろう。

どうして、ママの幸せを願えないんだろう。

どうして、父さんに自分から素直に話をしないんだろう。

僕は、自分がふがいなくて体が縮こまる。

小さい頃は、こんな劣等感を感じることなんかなかった。

すごく自由だった。

子供の頃、父さんとママと三人でこの公園に来たことがある。飛行機が頭上を通過する時に、父さんがある提案をしたことを思い出した。

「よし、じゃあ誰が一番長く、声出せるか、せーのっ」

父さんが言った後に、僕たち三人は、爆音をとどろかせる飛行機に向かって一斉に叫んだ。

「わぁーーーーーーーーーーーーー」

父さんは、「よっしゃ勝った！」と言ったけど、僕は誰よりも自分が長く声を出したと思った。絶対に「勝った」と思ったんだ。

あの時の自信が欲しい……。

そう思っていると、遠くからゴーーと音が聞こえてくる。

その音はどんどん大きくなって巨大な飛行機が近づいてきた。

僕の頭上をエンジン音を響かせて低く飛んでいく。

今にも手が届きそうだ。

僕は立ち上がって叫んだ！

「わぁーーーーーーーーーーーーーーーーーーーーーーー」

あの時より長く、あの時より必死に、あの時より強く。

僕は、自分の中に溜まったモヤモヤを全部吐き出すつもりで叫んだ。

もう、人のせいにするのは嫌だ！

息の続く限り叫んだら、飛行機が消えていくのと同時に、スッとした自分がいた。

僕はふと我に返って自分のスマホを見た。父さんとママからの着信がたくさん入っている。

こんなに心配してくれているんだ。

きっと学校から父さんに連絡があったんだ。

一件、一件、留守番電話のメッセージを聞いた。学校から連絡があったことはひとつも言わない。怒ってもいない。父さんもママも、ただ、どこにいるのか、とにかく連絡をしてと言ってるだけだった。

急にとても申し訳ない気持ちになった。僕は、電話をしようか、それともメッセージを送ろうか迷った。迷って、家に帰って、気持ちを整えてから連絡しようと思った。

家に戻ったら夜になっていた。

玄関の電気をつけて、リビングのドアを開けた。暗闇の中、デスクの上に父さんが作ったお弁当が置かれたままだ。僕はしばらく、お弁当と父さんが書いたポップを見つめた。朝早くから車で出かけるのに、いつもよりもっと早く起きて作ってくれたのに……。僕は椅子に座り、ゆっくりとお弁当袋の紐を解いて蓋を開けた。

暗闇の中でも、いろとりどりだとわかるおかずの品々が、目に飛び込んで来る。

卵焼き、鶏つくね、ほうれん草の炒め物。焼き塩鮭、ゆでブロッコリーにプチトマト。気が付いたら、僕は朝から牛乳しか飲んでいないことを思い出して、猛烈にお腹が空いてきた。手が自然と箸箱から箸を取り出していた。

「……いただきます」

弁当に手を合わせ、いつもの卵焼きから口に頬張った。

美味しい。

お次はご飯。その次は鶏つくねにまたご飯。父さんのお弁当は、ご飯とご飯に合うおかずが絶妙な割合で入っている。時間が経っても、しみじみ美味しい。暗闇の中でも迷うことなく、手が止まらなくて、次から次へと食べた。食べれば食べるほど、心と体がじんわりと温かくなっていくのがわかった。

僕は、なんとなく、生き返ったような気持ちになった。

お弁当を食べ終わり、僕は感謝の気持ちを込めて、お弁当箱を丁寧に洗った。

心が落ち着いたので、父さんにメッセージを送った。

『ごめん。今帰ってきた。』

何を書こうか散々悩んだけど、これしか書けなかった。

すぐに既読になった。

もう、フェスは終わったのかな。ずっと僕の返信を待っていてくれたんだろうと思った。何を言われるか、叱られる覚悟はしていたけど、父さんからの返信はこうだった。

『おかえり！　ママも心配してたぞ、連絡してあげな。』

うん、そうだよね、その通りだよね。僕は、ママにも同じように連絡をした。

ママの返信もすぐに来た。そこにも僕を責めるような言葉はひとつもなかった。無事ならよかった。ご飯は食べたの？　何かあるなら話を聞くから遊びに来て……と。僕は素直に嬉しかった。

僕たち三人は、離れて暮らしているけど、繋がっているんだなと思えた。

世の中には、両親が離婚したら、もう二度とどちらかの親と会えない子供もたくさんいる。それに比べたら、僕はいつでも会おうと思えば会えるし、話もできる。自分から寄り添おうとしなかったのは、寂しかったのもあるけど、二人に甘えているからだと思った。本当なら、父さんもママも僕に怒りたい気持ちはあると思う。でも怒らなかったのは、僕を信じてくれていたからだと思った。

二階に上がって、父さんの仕事部屋に入った。

この部屋に入るのも、ものすごく久しぶりだった。

部屋の中を見渡すと、相変わらず、大好きな帽子は綺麗に飾られてある。ギターケースやバッグ、父さんの持ち物が、なんだか懐かしく感じてしまう。昔はよく、ライブやフェスにも一緒に行ってたし、ライブの前日は、どのギターにしようか？なんて、二人で選んだこともあったような気がする。

ふと、父さんがいつも作曲に使っているギターが目に入った。僕は手を伸ばして、ギターの弦を、ポロンとつま弾いた。その音色が心に沁みて来る。

自分が大切な人を遠ざけているだけで、相手は決して僕を遠ざけてない。

今、僕は、それを確信することができた。

翌日。僕は予備校に向かった。

受けるつもりだった授業はもう終わる時間が近づいているけど、僕にはちゃんとやらなければいけないことがあった。

予備校の前で、大きく深呼吸を一つして、意を決して中に入った。

目指すは、いつも授業を受けている教室だ。階段をあがって教室の前で立ち止まる。ガラス戸から中を覗くと、休日だけあって受講生でいっぱいだ。その中に、ヒロミと章雄が授業を受けているのが見えた。

「はい、じゃあ今日はこれで以上になります。お疲れ様でした」

講師の先生がそう言うと、皆いっせいに片付けを始める。僕は入口で、章雄とヒロミが片付けながら、おしゃべりをしているのを見つめた。相変わらず章雄が、ヒロミにノートを見せてもらうお願いをしているやりとりが聞こえてきた。

「また全然書いてないじゃん」

ヒロミが呆れている。

「ちょっと写させて、写させて」

「書けなかったの？　また？　うそ」

「ねぇお願い」

「最悪、絶対見せないから」

「じゃあご飯奢る、ご飯」

「……なにを？」

「パスタパスタ」

「……わかった」

「ほんと？」

「うん」

「よし。じゃあ行こう行こう」

「駅前のあそこならいいよ」

「あ、いいよいいよ。そこにしよう」

続々と生徒たちが帰る中、ヒロミと章雄は、ノートとパスタの取引が成立したようで、帰ろうとこちらを振り向いた。

僕は二人を見つめた。

最初に章雄が僕の存在に気付き、その後にヒロミが僕に気付いた。二人は、無言で僕を見つめている。ヒロミの目が刺さるように痛い。僕は、急いで二人の元に駆けよろうとすると、ヒロミは僕を無視してよけるように出て行ってしまった。

「早く早く、早く行けって」

章雄が僕を急き立てる。

僕は慌ててヒロミを追いかけた。

「ごめん、ごめんって！」

僕は、ヒロミを追い越して、前に立ちはだかった。

ヒロミは立ち止まって僕を見つめる。

「……」

何も言わないのが苦しい。もう僕を嫌いになっていてもおかしくない。

でも、僕は勇気を振り絞った。

「ごめん。俺、どうかしてた。ヒロミは悪くない」

ヒロミは、まだ信じられない、とばかりに僕を見る。すると、後から追いかけてきた章雄が、お得意の場を和ませるリピート術で助け船を出してくれた。

「うん、どうかしてた、どうかしてた」

ヒロミは章雄を睨みつけ、次に僕の目をまっすぐ見て言った。

「どこ行ってたの？」

「……」

僕が学校を無断欠席したのはわかっているんだ。僕は答えられず黙った。

「ねぇ、ほら、私の言った通りだったよね？　虹輝には息抜きが必要だったんだよねっ⁉」

「うん。ヒロミの言う通りだった」

僕は心から頷いた。

「……わかってるよ。私は、虹輝のそういうとこ全部わかってあげてるのにさ……なんで自分だけそうやって……ズルい」

やっぱり、そうだったんだ……。僕は、自分から人の気持ちを遠ざけてた。

「……ごめん」

僕は深々と頭を下げた。もちろん、ヒロミだけじゃない、章雄にもだ。二人は、何も言わないけど、さっきまで場に充満していた怒りが少しずつ消えていることを感じた。

僕は、仲直りがしたいと思って、二人に言った。

「ねぇ、一緒に行こう。これからどっか皆で、パーッて！」

「え、これから？」

章雄がビックリしている。

「そう、これから！」

僕はひるまない。

ヒロミは、章雄の顔を見て、まあ、許してやるかと言うような顔になって、僕に言った。

「……どこでも連れてってくれんの？」

「うん、どこでも連れて行く。ひとりは、寂しすぎたよ」

僕は何のとまどいもなく、素直に本心が言えた。

二人は笑顔になった。この気持ち、伝わったんだ！

「よーし、じゃあ行くぞー！」

章雄が受け入れてくれる。

「おー！」

僕は嬉しくて叫んだ。

「おー！」

ヒロミもすっかりノリノリだ。

僕たちは、跳ねるように階段を駆け下りた。

「行くぞ！」

「行こう行こう行こう！」

「早く早く早く早く。早く行くよ！」

階段に足がついてないかのように軽やかに飛んでいる僕ら。

「待って待って、どこ行く？　どこ行くの？」

ヒロミは、出口の手前で立ち止まり、僕たちにたずねた。

「だから、ヒロミの行きたいところに連れてってやるから」

章雄は、ヒロミが僕を許したことを喜んでくれている。僕たちの間に入って、一番気をもんでいたのは章雄だ。イイ奴なんだ、章雄には感謝しかない。

「え、待って。じゃあ、私は、虹輝が行きたいとこがいい」

章雄は、虹輝の行きたいところだってよ！　ヒュー、ヒューとばかりに満面の笑みで僕を小突く。

「俺、俺？」

僕はちょっと舞い上がった。

「うん。どこどこどこ⁇」

ヒロミは、楽しくてたまらないといった顔で訊いてくる。

「俺、えーとね、あの。えーっと、あっこだよあっこあっこ」

こういう時、サッと言えればカッコいいんだけど……。

「もうだめだ、もう無理だ、もうだめだ。もう」

こういう時の、章雄のナイスフォローは素晴らしい。

三人一緒なら、どこに行っても楽しいに決まっている。

どこにでも行ける気がした。

僕たちは、はしゃぎながら予備校を出た。

向かった先は、原宿だ。

ヒロミが、ポロッと行きたいと言ったのを聞き逃さなかった。

僕たちは、竹下通りを練り歩いた。

いろんなお店に入って、ウインドーショッピングするのは楽しい。買いたいものはたくさんあってキリがないけど、自分達の小遣いで買える物を買った。章雄が美味しいスイーツを食べたいと言ったので、僕は、ママの店を提案してみた。野菜だけじゃなくて、有機栽培のフルーツを使ったスイーツだってあるから。

ヒロミは女の子だけあって、オーガニックって言葉に惹かれる~と、テンションが超上がっている。章雄は、有機野菜と普通の野菜の違いが知りたい、なんてガラにもないことを言った。

僕が、どうしてママの店を提案したかというと、なんとなく、今まで二人には見せてこなかった部分を、知って欲しかったんだ。それに、昨日のこともあるから、ママにちゃんと顔を見せたいとも思った。

ママは、僕の大切な二人の友達に会ったらどんな顔をするだろう。

二人は大賛成してくれたので、僕たちは、『Ruby on』に向かった。

ママの店は、週末ということもあってたくさんのお客さんで賑わっていた。

僕たちが顔を出すと、ちょうど一組お客が帰ったところだった。ママは僕の顔を見て笑顔になった。はじめて友達を連れて来たことを喜んでくれて、四人掛けの席に案内してくれた。

僕の頭には、ウサギのかぶり物。

章雄の頭にも、ウサギのかぶり物。

「ラビットパンチ！　ラビットパンチ！」

男子二人でウサギになって、お互いの頭をぶつけ合う。こんな風に堂々とウサギになって遊ぶのは、子どもの頃に戻ったみたいで楽しい。でも、女子のヒロミは、そんな僕たちを笑いながら見てるだけだ。

「なにやってんの。ちょっとちょっと。シー！」

とは言いながら、ヒロミも楽しんでいるのがわかる。僕たちがはしゃいでいると、ママが、注文してない料理も運んできてくれた。

「はい、これサービスね」

それは、比内地鶏のから揚げと、ヨモギと海藻を食べて育った地養卵の卵焼き。それに、マカロンやケーキもつけてくれた。

「えー！　ありがとうございます～！」

ヒロミは、出された料理を食い入るように見ている。

「どうぞ、食べてね」

ママも嬉しそうだ。

「いただきます」

ヒロミは手を叩いて喜んで、僕と章雄もテンションが上がった。

「おー、すげー」と僕。

「いただきます」

皆一人前のご飯を食べた後だけど、美味しいものはいくらでも食べられる。特にスイーツは別腹だしね。

「食べよう！」

「食べよう食べよう！」

「はい」

ヒロミが僕にフォークを取ってくれた。

「ありがとう」

ちょっと照れ臭い。すると章雄がすかさず、

「俺のも取ってよ。俺のもちょうだい！」

とおどけてみせる。ヒロミは、わざと嫌そうに章雄にフォークを渡したので、三人で笑った。

美味しい物が目の前にあると、真っ先に食べるのは、やっぱりヒロミだ。嬉しそうに、から揚げを特製ディップにつけながら言った。

「虹輝、パパとの約束破っちゃったね」

「……そうだな」

章雄も食べながら頷いている。

「……」

そうなんだ……。改めてヒロミに言われて、僕はハッとした。三年間、学校を一日も休まない約束を、僕は自ら破ってしまったんだ。これまで病気もなく、皆勤賞だったのに。

父さんになんて言えばいいんだろうと考えていたら、ヒロミがスマホを手に取り、インスタの写真を僕に見せた。

「ほら、虹輝のパパ、一回も休んでないよ」

それは父さんのインスタに並んだ毎日のお弁当の写真だ。ズラーッと綺麗に並んでいる。最近、自分で父さんのインスタを覗くことも少なくなっていた。ヒロミはいつも、学校で毎日のお弁当を見ると、いや、食べるが正しいけど、父さんのインスタも見てくれていた。

学校に行かなかった昨日のお弁当の写真もちゃんと載っている。

僕は、大事な忘れ物をしたような気持ちになった。

黙っていたら、隣で卵焼きを食べた章雄が、何かを察してくれたかのように僕の顔を見て言った。

「うまっ！　やっぱり虹輝んちの卵焼きは美味いな」

その顔は、まるで子供みたいに嬉しそうだ。

「ほんと⁉　じゃあ私もいただきます」

ヒロミも卵焼きを一つ、パクリと口の中に入れて食べる。どんどん笑顔になって、章雄とハイタッチをした。

「美味しいよやっぱり」

「美味いでしょ？」

大喜びの二人。僕も卵焼きを一つ、パクリと食べた。

美味しい。でも、なんだろう……。

「なんだろうね？　この虹輝んちの、卵焼きの美味しさって」

ヒロミは、感極まっている。

「ダシかな?」

と知ったような章雄の口ぶり。

「ダシと、やっぱ愛だね」

「愛か」

「うん」

「俺の母ちゃんには、愛が足りねぇんだ」

「章雄、なんかごめん」

そんなやり取りを笑って聞きながら、僕はかすかに違和感を覚えた。ママの卵焼きも、もちろん美味しい。ママも一緒に暮らしていたころによく食べた味、なんだと思う。でも……僕には、いつも食べている父さんの卵焼きの味が、しっくりくる……そんな感じがしたんだ。


♪

虹輝が店の扉を開けて入ってきた時、私は、安堵感から、まるで数カ月ぶりに会ったように喜んでしまった。

虹輝はどこかふっきれたような顔をしていた。

さらに嬉しかったのは、虹輝の後ろに、可愛らしい女の子と、人のよさそうな笑顔の男の子が立っていたこと。友達を連れて来てくれたのは初めてのことだったから。

昨日、虹輝が学校を休んだ理由をいろいろと考えた。私たちが離婚をして、両親がそれぞれの道を歩き始めたのを見ていた虹輝は、何か悩んでいても、それを言えなかったのかもしれない。それは、出て行ったことで、彼の日々の変化を見られなくなってしまった私の責任もあると思う。その一方で、もしかして、学校のお友達と何かあったのかもしれないとも思った。でも、友情に亀裂が入ったというのはなさそうだ。いえ、もしかしたら、友情に一度ヒビが入ったのかもしれないけど、自分なりに解決をしたのかもしれない。

虹輝は、どこか照れ臭そうに、嬉しそうに二人を紹介してくれた。章雄君にヒロミちゃん。二人は、恥ずかしそうに私に挨拶をしてくれた。

昨日の詳しい話は今度聞くことにして、私は三人を席に案内した。

店内は、お客様で賑わっていた。

三人は、それぞれが選んだランチメニューを食べ終えて、リラックスしておしゃべりをしている。私は、高校生の男子はもっと食べられるだろうと思い、お店自慢の比内地鶏を使ったから揚げと、虹輝が好きだった卵焼きを作った。きっと、今はもっと好きなメニューがあるだろうけど、今でも卵焼きが好きでいてくれると嬉しい。あとはデザートにマカロンとケーキも持っていった。

「はい、これサービスね」

お皿をテーブルに置くと、三人は身を乗り出してきた。

「えー！　ありがとうございます～！」

ヒロミちゃんは、手を叩いて喜んでくれた。虹輝と章雄君もうれしそうだ。

「食べよう！」

「食べよう食べよう！」

と、無邪気にはしゃぐ姿が可愛らしい。何より、虹輝の顔が明るいことが嬉しくて、私はしばらく三人に見とれていた。虹輝がこんなに楽しそうに誰かと話しているところを、久しぶりに見たような気がした。

厨房にいても、三人の様子が気になってしまう。

私は虹輝とゆっくり話をしたいと思った。

一樹は、今日も福島にいるのだろうか、電話をかけてみた。

呼出音がしばらく続く。もしかして忙しいのかなと思ったので、後でかけ直そうとしたら、「はい、もしもし……」と一樹が電話に出た。私は、虹輝がお友達を連れて店に来ていることを伝え、ちょっと言い出しにくかったけど、思い切ってお願いした。

「ねぇ、相談だけど、週明けまで虹輝をうちに泊まらせていい？　いろいろ考えてここに来たと思うし。ゆっくり話したくて」

私は厨房から、虹輝たちを見つめた。

「週明け？」

一樹が、月曜の朝のお弁当のことを気にしている様子が目に浮かぶ。それでも私は、引き下がらなかった。

「あなたは実家に泊まって、ゆっくりすればいいじゃない。月曜日のお弁当は私に任せて」

「……」

「一度くらい、母親にも作らせてよ」

私は、心からそう思っていた。でも、一樹が三年間、一日も休まずお弁当を作る約束を虹輝としていることを知っていたので、少し控えめな感じでお願いした。

一樹の沈黙が少し怖い。迷っているのかな。

「……じゃあ、虹輝に言っといて。パパは作ろうと思えばもちろん作れた。ママに譲ったんだって」

そうきましたか。一樹らしい。私は思わず笑ってしまった。

「ねえ、それ、なんの意地なの？」

一樹は、この問いかけに応えることはなかったけど、納得して電話を切った。

素直に引き下がるなんて、彼も少し変わったのかなと思った。自分のこだわりの聖域には、絶対に人を入れなかったのに。

あの沈黙の間に、私の気持ちを推しはかって譲ってくれたのかな。

今日は早めに帰らせてもらって、夕飯は虹輝の好きなものを作ってあげよう。

虹輝に聞きたいこと、伝えたいことがたくさんある……私はワクワクしていた。

♪

フェスの翌日、富岡町の帰還困難区域沿いの道を走った。

ひとけのない街は、どこか不安をかきたてられる。「とみＲＯＣＫ」が盛大に盛り上がったのと打って変わったこの静けさは、この町の現実が、どちらが真実なのかと訴えているようだ。

『夜の森』の桜並木を走る。

桜が咲く季節は、実に素晴らしい桜並木が出迎えてくれる。国道六号線から夜の森公園に通ずる道に、樹齢八十年以上のソメイヨシノが二・二キロメートルにわたって四百二十本も並んでいて、見事な桜のトンネルを作っているのだ。この桜並木は俺の故郷で自慢できることの一つだ。この町の人々が、まだ安穏な暮らしをしていた頃、家族で訪れたこともあった。そんなことを思い出していたら、周子から電話がきた。俺は車を端に寄せ、停車して電話に出た。

聞けば、虹輝が友達を連れて、周子の店に遊びに来ていると言う。昨日のことのあとだったから、それを聞いて安心した。周子はそれだけを知らせてくれたのかと思ったら、思いがけないことを言った。

「ねぇ、相談だけど、週明けまで虹輝をうちに泊まらせていい？」

週明け……。それは月曜に家に帰るということか。いいも悪いも、月曜日の弁当はどうするんだ？　と真っ先に頭に浮かんだ。すると、それを見透かされたかのように、周子は、月曜日のお弁当は自分が作ると言い出した。俺は実家にでも寄ってゆっくりすればいいと。しかしこういう時素直に、じゃあお願いする、とは言えない俺。だが、彼女の一言が、心に刺さった。

「一度くらい、母親にも作らせてよ」

息子のお弁当を作ってやりたいという周子の気持ちがわからないことはなかった。一緒に暮らしていた時は、熱心に子育てしていた女性だ。食に対しても俺より知識豊富なのは間違いない。そして何よりも、彼女も俺に負けないくらい、今も虹輝のことを想っている。俺は、一日くらい、虹輝にサプライズがあってもいいだろうと思った。これから帰って、作ろうと思えば作れたけど、ママに譲ったんだというとを虹輝に伝えることを条件にした。

周子は、「それ、なんの意地なの?」と笑ったが、そりゃ意地はあるさ。男と男の約束なんだから。でも、虹輝が喜ぶなら、それが一番だと思った。

俺は電話を切り、周子の提案通り、実家に寄ることにした。

実家のコタツってありがたい。俺は居間のコタツに入ってぬくぬくとしていた。このやんわりとした温《ぬく》もりは、人の行動意欲を減退させるものだけど、人の心と身体を穏やかにしてくれるものだと思う。最近、コタツに入ることはほとんどなくなったけど、いつまでも実家に帰れば必ずあるものだと思っていたい。

コタツに入ってスマホをいじっていると、町内放送が聞こえてくる。どこかのおじいちゃんが、行方不明になっているらしい。こういう放送は、昔からたまにあった。しかし、風貌や特徴を町中に知らせると、大抵は見つかるのだ。皆が意識して力を集めると、いなくなった人を探し出すこともできる温かい町だったと思う。そんなことを思い出していると、家の前に軽自動車が止まる音がした。

俺は、誰が訪ねてきたんだろうと想像を巡らせた。

「こんにちはー」

その声は、姉の咲江だった。

慣れた感じで家に上がってくるのは、結婚して家を出て何十年経っても変わってなかった。俺は居間の戸を開けて、挨拶代わりに手を挙げた。

咲江は玄関を上がりながら俺の顔を見て、つい先日も会ったような顔をして言った。

「一樹、久しぶり」

「ああ」

たしか、一年以上は会ってないと思う。

「お母さんは？」

「さっき近所の人さ呼ばれて出て行ったよ」

おふくろは、フットワークが軽い。久しぶりに息子が帰ってきたというのに、近所の人に呼ばれると話の途中でもすぐに出て行ってしまった。

「岡田さんけ?」

「知らないよ」

「なんで知らないの?」

「知らねぇって」

相変わらずだ。俺は思わず笑った。

咲江は自分が知ってることは、相手も知っていると思い込んでいるタチだ。子供の頃、よくそれで喧嘩していたのを思い出す。

「泊まってけんでしょ?」

「あぁ、一応」

話の脈絡がないところも相変わらずだ。

「本当? よかった」

咲江は着ていたコートをきちんとまとめて隣の仏間に向かい、仏壇の前に座って手を合わせた。仏壇には、親父の位牌がある。俺も帰ってきた時は、まず最初に親父に手を合わせる。それでいろいろと報告をするのだ。

ここのところ、実家に来ても日帰りで帰ることが多かった。そういう時は、初めに長々と話をするのだが、今日は泊まるつもりだから、また明日にでも話そうと思い、短い時間で済ませていた。

咲江は、軽い挨拶程度に手を合わせて話し出した。

「いれる時にいた方がいいかんね。正直、お母さんもいつどうなっか、わかんないから」

「んなことねえべ？」

何言ってんだか。また脈絡のないことを。なんなんだ、おふくろは病気でもあるのか。だとしたらこの姉貴が俺に黙っているわけがないけど。

咲江は戻ってきてコタツに入って話し出した。

「わかんないよ。お父さんだって急だったし」

「親父ん時はある程度覚悟できてたけど、母さんは想像できねぇな……」

親父はまだ持病があったから仕方ない部分もあったが、おふくろはピンピンしている。さっきも俺にお茶を出しながら、血圧も正常だと自慢していた。

「男の子ってそういうもんみたいだね、いづまでたっても、お母さん、お母さんて」

咲江は俺の顔をしみじみ見ながら言う。

「……」

俺は何も言わなかったが、そういうアンタも、いつまでたっても、俺を子ども扱いするのが好きだなと言いたくなる。まあ、居心地悪いわけじゃないからいいけど。

そう思っていると、玄関からおふくろの声がした。

「サキちゃん、来てたのけ？」

「あ、帰ってきた」

おふくろの奈津子は、何やらいっぱいになったレジ袋を提げて帰ってきた。

「よいしょ」

最近はちょっとした段差でも、「よいしょ」がつい口から出て来る。そのまま台所に行くと、咲江も後を追って、「はいこれ」とスーパーで買ってきたらしき日用品を渡した。

「はい、ありがと」とおふくろが受け取る。

最近、ちょっと離れたところにスーパーができたらしく、車で行ける咲江に買い物を頼んでいるんだろう。

「どこ行ってたの？」

なんでも知りたい咲江は、聞かないではいられない。

「佐々木さんとこの畑。これくれた、大根と人参」

おふくろは、嬉しそうに土のついた大根を咲江に見せる。

「ああ、おばさん元気け？」

よく知ってるオバサンのようだ。俺は、もうわからないけど。

「ああ、相変わらずだわ」

おふくろはそう言いながら、財布からお金をだそうとした。

「んだから、要らないって」

「ダメだって、こういうことは親子でもちゃんとしないど」

五千円札を咲江に渡すと、咲江は渋々受け取った。

おふくろは、金銭面で子供に甘えることを嫌う。それだけじゃなくて、今でも自分ができることは、なんでも自分で決めてしまうところがある。年を取ったから子供に頼る、という考えがないのだ。昔から、精神的にも自立している女性だったから、俺たち姉弟も子供の頃から自立することを教えられてきた。

「佐々木さんとこも大変だよねぇ」

咲江がたずねた。

「んだからぁ」

「まだちゃんと戻ってないのに酷いよね」

「うん、震災の年はどこも買い取ってくんなかったからね、ここ何年かでやっと良くなってきたって言ってた矢先にね」

農業を営んでいる家は大変だ。震災で畑は全滅し、何年も作物を作ることができなかった。ようやく戻れるようになったからといって、今までのような作物ができる畑に戻すことはそう簡単なことではない。そういう現実の話を聞くと心が痛んだ。

「一般生活に戻ったからーなんて勝手に決められてもね……はい、これ」

咲江はおつりとレシートをおふくろに渡す。

「本当にそうだぁ……ねぇこれ、明日コーちゃんのお弁当さ入れてやる?」

「ん?」

いきなり話の展開が変わって戸惑う俺。母と娘、脈絡がないところは似ている。

「一樹、今日泊まってくって」

俺が言おうと思ったことを、咲江はすぐ先に言ってしまうのだ。

「ああ、そうけ？　いいのけ？」

「うん」

おふくろが嬉しそうな顔をした。喜んでくれるとこっちも嬉しいが、最近は、それだけ実家でゆっくりしてないのかと思うと申し訳ない気持ちにもなった。

「んじゃあ、ばあちゃんの味でも持たせてやっが」

と、おふくろは腕まくりをして、大根の土を落としはじめた。

大根の土を洗う音に懐かしさを感じていると、おふくろが口を開いた。

「あんたが毎日弁当作ってるなんてね。不思議なもんだ。小さい頃はずっと好き嫌いばっかりで、ケチャップとかマヨネーズ舐めるためにご飯食べてだのにねぇ」

「そこまでじゃないど思うけど」

それを言われると、まるで味音痴みたいじゃないか。まあ、今でもケチャップとマヨネーズが好きなのは恥ずかしい限りだが。

子供のころの自分が、茶色い食べ物が多い田舎の食卓で、ケチャップとマヨネーズを特別なものに感じていたのは確かだ。今にしてみれば、その茶色い田舎の食事は身体によい物ばかりで、そのおかげで俺は健康でいられたのだと思う。

おふくろの言い分はまだ続いた。

「その分、コーちゃんは好き嫌いがなくて偉いわ。いろんなものを食べるってことは、そんだけ世界も広がるってこと。きっとあんたなんかより大物になる」

「……」

俺より大物……。まあ、俺と比べるのもいかがなものかと思うが、俺よりは世界を広げて欲しいとは思うかな。これからいろんな可能性を追求できるんだから、そのための判断力と決断力を身につけて欲しいと思っている。

「食べるってことは大事。毎日きっちり、なるべく満足できるように食べっこと、そしたら何でもうまぐいくから」

この言葉。子供の頃からよく聞かされていた。

だから俺は食べることが好きだし、作ることも好きだ。起きるのが辛い日もあるけど、お弁当作りはまったく苦じゃない。おふくろの背中を見つめながら、改めて感謝したい気持ちになった。

「これ簡単だから、覚えて帰んな。ほれ」

待ってました、という感じだ。俺は嬉しくなって、「おう」と立ち上がって台所に向かった。

「どれ」

流しには、葉っぱが見事な大根がある。見るからに美味しそうだ。

「これ洗って」

「ああわかった」

俺は大根を洗い始めた。こういう時、姉の咲江は、すっといなくなる。俺とおふくろの時間を大切に思ってくれているのか、邪魔をしないのだ。

「このまま齧《かじ》っても甘いからね」

「うん、そうだろうね」

虹輝なら、齧って食べるかもしれないなと思った。

「これ腕まくりしないと」

「あーちょっと濡れちゃうわ、これ」

この歳になった俺の袖が濡れてしまうことをまだ気にするおふくろ。俺は慌てて袖をまくった。

こうやって、二人並んで台所に立つなんて何年ぶりだろうか。

いや、大人になってからはなかったように思える。

なんとなく、お袋が小さくなったような気がした。

おふくろが教えてくれた料理は、ひき菜炒りだ。

福島県の郷土料理で、ひき菜とは大根、人参などの野菜を細切りにしたもので、同じく細切りにした油揚げや薩摩揚げと一緒に炒めて、醤油、酒、みりんなどで味つけしたものだ。子供の頃、よく食べたもので、おふくろのひき菜炒りは、甘みが絶妙で、ご飯のおかずにもってこいだった。

野菜を炒め、調味料を合わせるとジャーッと音がして、甘辛く、幸せな匂いが台所に満ちた。おふくろとの料理は、穏やかな空気に包まれていて、とても優しい時間だった。

ひき菜炒り、早く虹輝に作ってやりたい。お弁当の冷めたご飯にもぴったり合うだろう。

早朝、ベッドの中で熟睡していると、枕元のスマホが鳴った。寝ぼけ眼で誰からの着信なのか確認すると、周子からだった。俺は電話に出た。

「はい」

「もしもし、寝てた？　実家だよね？　それ、虹輝に言うの忘れた……」

「んん……？」

寝起きに焦っている様子で言われ、俺はすぐに反応できなくて黙っていると、周子が勝手に話を続けた。

「聞いてた時間よりも早く出ちゃったのよ。ごめん、お弁当間に合わなくて、持たせてあげられなかった」

「……」

そういうことか。周子らしい。サプライズでお弁当を持たせようと思っていたのかもしれないが、前もって言っておけば良かったのに。それとも、そんなことも忘れてしまうくらい、昨夜は話が盛り上がったのだろうか。

「お昼代もいらないって言われて。ねぇあの子、お金、ちゃんと持ってるよね？　お昼ご飯、大丈夫かな……」

周子は、自分の失態を悔やんで、心配の妄想が膨らんでいるようだ。

俺は時計を見た。六時十五分だ。ベッドから起き上がった。

「大丈夫だよ。オレ、昨日こっち帰って来た」

「え？　なんで？」

周子は、ものすごく驚いている。

「なんとなくね……意地かな」

俺は、おふくろとひき菜炒りを作っているうちに、虹輝がひき菜炒りの入った弁当を美味しそうに食べている姿が浮かんできて、自宅に帰ることにした。帰って、お弁当を作りたいと思ったのだ。明日は、虹輝が周子のお弁当を持っていくとしても、俺は俺で毎日、必ず弁当を作る、という約束はやっぱり果たしたい。

周子は、お願いしますとだけ言って、それ以上は何も言わずに電話を切った。

俺は眼鏡をかけてキッチンへ向かった。

お弁当を作っていると、虹輝が帰ってきた。

力強い足取りでリビングに入ってくる。俺は何事もなかったように鍋の煮物をかき回しながら言った。

「おかえり」

「……ただいま……」

虹輝は、小さな声で言い、その後も俺の顔を見つめながら、何か言いたげな顔をする。俺もちゃんと彼の目を捉えて見つめた。だが、なかなか言葉にならないようだった。しかし、虹輝の意志のこもったまっすぐな目を見ているだけで、俺たちは分かり合えたような気がした。

「時間ギリギリ。急げ」

そう言うと、虹輝は柔らかく微笑んだ。

「うん」

元気よく大きく頷いて二階へと上がって行った。

俺に謝りたい気持ちはあるけど、言い訳はしたくない……。

それがわかる。虹輝が、この朝の短い時間で自分の気持ちを簡単に話せるような器用さを持ち合わせてないのも十分にわかっていた。あの吹っ切れた顔を見ることができたから、それでいい。

また信じられるから。

虹輝が制服に着替えている間に、俺は弁当作りに勤しんだ。

おかずは、大好きな卵焼きと、いつものオクラの肉巻き。お土産で買ってきた福島県いわき市の名産、長久保のしそ巻、かじきまぐろの磯辺揚げ。そして、おふくろと作った、ひき菜炒りだ。朝食を食べる時間はないから、ご飯は多めに入れておこう。

急いで制服に着替えた虹輝を玄関で待ち受けて、俺は弁当を渡した。

「ありがとう」

虹輝はいい顔をしている。俺は黙って頷いた。

虹輝は弁当をカバンの中に入れて、靴を履いた。履きながら何かを考えているようにも思えた。そのまま出かけるのかと思いきや、彼は振り向いて言った。

「父さん、俺……」

とても真摯な目をして俺を見ている。学校を休んでしまったこと、それが男と男の約束を破ったことになると気にしているのがわかる。そして、受験に向かう揺れる心と今の自分の気持ちを伝えたいと思っている……。

俺は、虹輝の目を見て、心の底から思ったことを伝えた。

「大丈夫。全部うまくいく」

この言葉に、虹輝は安心したような、清々しい顔で微笑んで返した。

「うん。いってきます」

「いってらっしゃい」

俺は力強い声で送り出した。

振り向いて出て行く虹輝の背中は、俺の声に負けないくらい力強い。

今日は帰ってきたら、とことん話をしてみるか。きっと虹輝から、いろいろ話をしてくれるに違いない。

俺も……思っていることは、もっと言葉にしてみよう……。そう思った。

何か新しい風が吹いたような気がした。

その日の午後、俺は清々しい気持ちで、部屋中を掃除した。

虹輝の部屋で掃除機をかけていたら、枕の下に隠している雑誌が目に入った。おっと、これはいけない奴か？　と思い手に取ると、それは『Ten 4 The Suns』が表紙になった音楽雑誌だった。

これはわざわざ買ったものだ。ここ数年、ライブに来ることはなかったけど、俺の活動を、気に留めてくれていたのか。

それだけで嬉しくなり、俺は掃除する手を止めて、しばらく雑誌を見つめた。


いつもより早く、レコーディングスタジオに着いた。

機材用エレベーターの前の階段を降りていると、エレベーターの前に人影があった。見ると、真香が一人で機材を積み込んでいた。

俺は年甲斐もなく、少し胸がドキッとした。このまま行けば、当然顔を合わせることになると思っていると、真香が振り向いて、目が合った。

「おはようございます……」

真香から声がかかった。その声は少し曇っている。

「おはよう」

俺も、どこか遠慮がちだ。真香は黙って機材を運んでいる。その後の言葉をどうしようかと思っていると真香が先に口を開いた。

「早いんですね……今日はよろしくお願いします……」

とお愛想なのか、業務用の言葉なのか、どちらにしても心ここに在らずな感じだ。

今日のレコーディングのミキサーは真香だ。俺は、彼女と仕事ができることは嬉しいけど、彼女はきっとやりづらいだろうなと思った。俺の顔を見ようとしないで、機材を選んでいる真香に、俺は声をかけた。

「……気まずい？」

真香の背中が一瞬固まったように思えた。

そしてゆっくりと振り向いて言う。

「……ですかね？」

やっぱりそうだよな。今の答えでも十分、真香にしてみれば勇気を振り絞って言ったのだと思った。

彼女と離れてから、付き合っていた頃を振り返ることがよくあった。彼女が時々、黙ってしまうのは、理解しようと考えているだけじゃなくて、自分の気持ちを我慢していることもあったんだと気づいた。彼女の沈黙を勝手に解釈して甘えていた。

真香は俺の何十倍も繊細な心の持ち主なのに。

真香は手を休め、俺の方を見ている。俺は、ずっと消えることのなかった想いを今、伝えたいと思った。

「……あのさ」

俺は真香の顔を見つめる。

「……」

真香はどこか構えている。

「俺はまだ、君のことが好きだよ」

「……」

まっすぐに俺の顔を見つめる真香は、何も言わない。

「これからもずっと、好きなままでいられる自信もある」

拒絶されるとしても、正直な想いを言わないではいられなかった。

真香はただ黙って、俺を見ている。

何か言って欲しい……。俺は思わず問いかけた。

「どうしたらいい？」

すると、今まで黙っていた真香が、静かに笑い出した。そりゃそうだよな、今さらこんな子供じみたこと……。でも、これしか今の俺には言えない。どうしたらいいか、真香に決めて欲しいのだ。それがたとえ残酷な結末でも、真香の気持ちが知りたかった。でも、真香はただ笑っている。その真意を聞きたくてたずねた。

「おかしい？」

俺は真剣だった。次の瞬間、真香の顔は笑っているけど、その瞳から涙が溢れているのが見えた。

「おかしいよ」

そう言って、泣き笑いする真香の顔を俺は見つめた。

「おかしい……おかしいよ」

頷きながら泣き笑いをする真香。その顔は少女のように可愛い。

俺には……おかしいが、嬉しそうに聞こえてしまうのは、思い上がりなのだろうか。俺は真香の心を読み切れないまま、照れ笑いをした。俺の顔を見ながら笑う真香は、きっと受け入れてくれたのだろう……そう信じようとする自分がいた。

♪

私は朝起きて、心と身体がアンバランスなのを感じた。

これほど複雑な気持ちを抱えてスタジオに行くなんてこと、これまでなかった。今日は、『Ten 4 The Suns』のレコーディングの日。否が応でも、一樹さんと会うことになる。直前まで担当を外してもらおうかと考えたけど、仕事を途中で投げ出すことは、やっぱりできなかった。

スタジオに入ってしまえば、プライベートな会話をする必要はない。でも……またこないだみたいに、休憩中にロビーで会ってしまったら……今日はお弁当じゃなくて、外でランチしようか。

こんな気持ちのままで、いい音が作り出せるかどうか心配になる。かといって、何事もなかったように話せるほど、私は器用じゃなかった。こないだロビーで会った一樹さんの態度が、また繰り返されたりしたら、私は仕事どころではなくなってしまいそうだ。

そんな事をウジウジ思いながら機材をエレベーターに積んでいたら、階段から人が降りてくる。レコーディング開始時間にはまだ早いから、スタジオの関係者だと思い、人が来た方を見たら……ギターを持った一樹さんだった。

一瞬にして心臓が高鳴る。自分でも、まだそんな気持ちがあるんだとビックリしてしまう。しかも、こんなところで不意打ちのように会うなんて思いもよらなかった。ばっちり目が合ったので、私は自分から「おはようございます」と声をかけた。どうせなら、もうちょっと明るく言えばいいのにと思ったら、一樹さんも、どこか気まずい感じで「おはよう」と返してくれた。そのまま通り過ぎるのかと思ったら、彼は立ち竦《すく》んでいる。

私は何事にも動じない女を気どって話しかけた。

「早いんですね……今日はよろしくお願いします……」

でも、彼の言葉を聞く前に、自分から目を逸らしてしまった。

心の中では、彼が何か言うのか、待っている自分と、早く立ち去って欲しい自分が混在している。すると彼はこう言った。

「気まずい？」

気まずいに決まってるじゃない！　それを聞くってことは、貴方は割り切っているつもりなんですか？　と言いたくなる。前の私だったら、そんなことないですよ、とうそぶいてしまいそうだけど、ここはやっぱり本心を言いたいと思った。

「……ですかね？」

こんな言い方が精一杯だけど、今日のレコーディング中も、へんな空気になりたくないから、前もって言ったほうがいいと思った。いつまでも気まずい雰囲気を醸し出してる陰気な女だとも思われたくないし、別れたことが、なんともない女だとも思われたくない……実際、かなりダウンしてるし、私。

私は、彼が何を言うのか待った。

彼は、「……あのさ」と言い、私に一歩近づいた。

止めて……、大人なんだから、そういうの止めよう、周りにも悪いし、みたいな説教なら聞きたくないから……。私は瞬時に妄想した。すると彼は続けた。

「俺はまだ、君のことが好きだよ」

え……？　私は固まった。

「これからもずっと、好きなままでいられる自信もある」

そんな……自信？　自信って、好きなだけで全てを受け入れることができるってこと？　今のセリフって、そのくらいのことなのよ？　わかってるの？

私は混乱した。彼の瞳は、すごく真摯に私を見ている。その瞳を捉えたまま私は動けない。私が応えられないでいると、彼は言った。

「どうしたらいい？」

それは私のセリフじゃ。私だって、どうしたらいいの？

私に委ねるなんてこと、一樹さんが言うなんて……私は意外過ぎて、驚きを通り越しておかしくなってきた。おかしくて、おかしくて、なぜだか涙が出て来てしまう。

ずっと、好きなままでいられる自信……それは今だけじゃないってことなの？

一樹さんらしい言い方が、本当にただおかしくて……嬉しい。

彼は、私が笑い続けることで真面目に動揺している。それがまたおかしくて、嬉しくて、ずっと苦しかった胸の痛みがなくなって、温かくなっているのがわかる。

一樹さんの、この自信と強さが、私には必要なんだと思った。

結局私、こうやって一樹さんともう一度向き合えることをどこかで期待してたんだ。

私もずっと、一樹さんのことが好きだったんだ。

♪

早朝。ママが寝ている間に、僕はママの家を予定より早く出ようと思った。

お店も大繁盛で疲れているだろうし、少しでも長く寝かしてあげたいと思ったから。でも、僕が玄関で靴を履いている間に、ママが気づいて飛び起きてきて、慌てて、お弁当作るから！と言った。

ママが作るお弁当って、どんなのだろう、きっとすごく魅力的なんだろうと思った。正直言うと食べてみたい。でも、帰って制服に着替えなきゃいけないし、父さんは福島から帰ってきているかもしれない。

ママは申し訳なさそうにお昼代を渡そうとしたけど、僕は断った。なぜなら僕は約束を破ってしまったけど、父さんはきっとやり遂げるはず。

ママの気持ちはすごく嬉しかったけど、昨夜、美味しい手料理を独り占めして、いろんなことを話せただけで僕は幸せだった。

帰り道は、電車に乗っても、どこを歩いても清々しかった。

家の前の坂道を上がるのも、足が凄く軽い！

こんな気持ち、最近感じたことがなかった。早く家に帰りたくて、自然と歩くスピードが速くなった。

家に帰ると、父さんはキッチンでお弁当を作っていた。

やっぱり！　帰ってきてよかったと思った。

父さんは僕の姿を見ると、何事もなかったかのように「おかえり」と声をかけてくれた。僕は、黙って学校を休んでしまったことを謝ろうと思いつつも、力なく「ただいま……」としか言えなかった。今、謝ろうか……そして、今回のことで自分で気づいたことを話そうか……思いがぐるぐると頭を巡って言葉が出なかった。

するとと父さんが言ってくれた。

「時間ギリギリ。急げ」

その言葉は僕を急き立てるわけでもなく、受け入れて、日常に戻してくれた。僕の想いはわかってくれていると感じた。僕は嬉しくて自然に笑顔になった。自分の部屋に上がって、急いで制服に着替えた。

玄関に降りていくと、父さんがお弁当を差し出してくれた。

いつもと同じ光景なのに、お弁当がいつもより大きく感じる。それは質とか量の問題じゃないんだ。いつもと同じお弁当だけど……どこか違う。僕はいつもより感謝の気持ちが湧いた。

「ありがとう」

僕が言うと、父さんはただ黙って頷く。僕はお弁当をカバンに入れて、玄関で靴を履きながら、やっぱり、今の気持ちを父さんに話そうと思い、振り向いて言った。

「父さん、俺……」

すると父さんはしばらく僕をまっすぐ見て、言った。

「大丈夫。全部うまくいく」

父さんらしい。でも、その言葉、今の僕ならわかる。体ごと感じ取れた。

僕は勇気をもらって家を後にした。

坂道を下る足取りは、もっともっと軽かった。

学校で過ごす僕は、以前より見るもの聞くものが、素直に自分の中に入ってくるように思えた。前みたいな劣等感も疑心暗鬼も、今は顔を出さない。章雄やヒロミからも、いつも楽しそうな顔をしていると言われるようになった。

その通り。楽しいんだ。いや、自分で楽しみを見つけられるようになったんだ。

そう思えるようになったのは、ヒロミと章雄のおかげもあった。

僕は本当にこの二人と友達になれてよかった。

ママにも、二人と過ごしている僕は、明るくてすごく楽しそうだと言われた。感謝だ。時々、感謝が溢れすぎて、章雄やヒロミの顔をニヤけながら見ちゃうんだけど、そうすると、章雄に、なんだよ、気持ちわりいな、と突っ込まれる。

もちろん、本当のことは話さないけど。

『Ten 4 The Suns』の二十周年記念ライブツアーが近づいていた。

父さんから聞いたんじゃなくて、こっそり音楽雑誌を買って知った。

中学、高校と父さんのライブにはほとんど行こうと思わなかった。カッコいい父さんを見ると、劣等感で自分がイヤになりそうだったのもあったから。でも、父さんの活動は気になっていて、時々雑誌を買ってチェックはしていた。

僕は、ヒロミと章雄に、『Ten 4 The Suns』の二十周年記念ライブに一緒に行かないかと誘った。父さんの音楽を聴かせたことがあって、前からライブで聴いてみたいと言ってくれていたからだ。

二人は大喜びしてくれた。

僕がチケットを三枚、ゲットしようとしたら、急に章雄が、その日は予定があるから、ヒロミと二人で行けよと言い出した。さっきまで、行く気満々で喜んでいたのに、なんでだよ、と僕は突っ込みそうになったけど、ヒロミは、なぜか何も言わなかった。章雄は頑なに、俺絶対行けないから、悪い！　の一点張りだ。だったら、二人で行こうとヒロミに言うと、ヒロミは二つ返事だった。

後からわかったけど……章雄は僕たちに気をきかせてくれてたんだ。

二人きりで行かせてくれたんだ。

ライブハウスの開演前。

フロアの中は、観客たちでひしめき合っている。

僕とヒロミは、後方にポジションを取った。

ヒロミは好奇心全開で、フロアの中を眺めている。ファンの人たちが、父さんたちの出番を今か今かと待って、前回のライブの話とかで盛り上がっているのを聞くのは楽しいけど、どこか緊張してしまう。それはやっぱり身内だからかな……。そう思っていると、ヒロミが呟いた。

「二十年か、すごいなー……」

そうだよな……父さんたちは僕が生まれる前から活動しているんだ。

僕も感心してしまって、それに気づいたヒロミと笑いあった。

すると、フッと客電が落ちた。

『Ten 4 The Suns』のライブが始まる！

観客は、おおーと盛り上がって大拍手だ！

ギターの音色が、カッコいいリズムを刻む。

暗闇が、幻想的なブルーに変わると、『Ten 4 The Suns』のメンバーが浮かび上がってきた。

おおーーっ！

スタートから盛り上がる観客たち。

曲は、『あなたの中に』だ。
前奏のリズムに僕は身体を委ねて揺れる。
ヒロミもノッている。
観客も皆揺れている。
熱狂が渦巻くなか、父さんが歌い出した。

どこから話せば良いのだろう
小指の痛みを一つ一つ
どこから探せばいいのだろう
目の前にあるよ　小さな光

どんな世界があるのだろう?
僕は僕なりに　みつけるのさ
愛を見つけて　愛をなくす
毎日繰り返す　INとOUT

やっぱり、父さんはカッコいい。
僕は、父さんが歌う歌詞を自分の中で復唱する。
これは僕のことでもある。

NO NO NO　NO NO NO
隙間の中にNO NO NO
NO NO NO　NO NO NO
あなたの中にNO NO NO
NO NO NO　NO NO NO
間《はざま》の中にNO NO NO
NO NO NO　NO NO NO
あなたの中にNO NO NO

曲調が変わった。お次は栄太さんのラップだ。

ワクワクしていると、僕のセーターの裾がそっと引っ張られた。見ると、ヒロミの小さな手が裾を摑んでいる。

僕は迷うことなくヒロミの手を取り、握りしめた。

ヒロミは微笑みながら僕を見つめている。

僕とヒロミは、同じ気持ちを確かめ合えたような気がした。

見えた　見えたよ　あなたの中に
希望に溢れている物語
消えた　消えたよ　闇の中に
汚《けが》れてた言葉たち
Anywhere...
今　どっから話せば良いだろう
この胸にある思い全て
ほら 必死になりすぎ
一気にこぼれ落ちてしまいそう　滑って
No No No No

そんな事にはならないよう
一緒にいれるのなら大丈夫
あなたの中に停まらず終わらず
愛を最後の最後まで注ぐ

栄太さんのラップが、最高潮になって人々が熱狂する。

そう、一緒にいれるのなら大丈夫。

僕はヒロミと一緒にいられれば、希望に溢れる物語が続くと思えた。


楽しいライブは、あっという間だ。

アンコールは三曲くらいやってくればいいのにって思う。終演後のロビーは、バンドのグッズを買う人々や、会場を後にする人々が交差する。

僕はヒロミの手をしっかりと握って歩いた。

「あ、緊張する」

ヒロミがフッと漏らす。僕はこのまま父さんの楽屋に行こうと思ってたんだけど、ふと足が止まった。

「……行こう」

僕はヒロミの手を引いて、出口の方へ向かった。

「え、どこに？　どこに行くの？」

ヒロミは少し不満げな感じでついてくる。簡単には納得しないヒロミは立ち止まって僕に言った。

「いやいや、行かないの？　虹輝パパんとこ」

「やっぱやめとく」

僕はヒロミの手を引っ張るけど、ヒロミに引っ張り返される。

「久しぶりだったんでしょ、ライブ」

「うん、でも、まだいいよ」

またも行こうとすると、さらに倍の力で引っ張り戻された。

「んん？　それは、私を紹介したくないってこと？」

いやいや、そうじゃない。

今父さんに紹介しても、楽屋はワイワイ、テンションが上がっていて話にならないに違いないし、どうせ栄太さんや利也さんにからかわれるに決まってる。

「違うよ、そんなんじゃなくてさ、その……また別の機会に……そうそう……」

ヒロミのことは、落ち着いたところで、ちゃんと、紹介したいんだ。

僕の彼女です、って。

でも今、みんなの前でそれを言うのは恥ずかしかった。だいたい、まだヒロミに告白もしてないのに。だから言葉にしないで、僕はヒロミの手を引いて出口に向かった。

「別の機会にって、どういう意味？」

「いや、どういう意味っていうか」

だから、言わせるなって。

「どういう意味っていうか？」。ヒロミはしつこい。

「別に意味はないんだけど」

「意味あってよー」

「意味あ……あったほうがよい？」

「あったほうがよい」

「あったほうがよい？」

「行こう～」

ヒロミの追及もやっと収まったかと思って、

「ん。んじゃ行こう」と帰ろうとしたけど、

「そっちじゃない、こっちだよ」

ヒロミはまだ楽屋に行くのを諦めなかった。

でも、僕の気持ちを察したのか、その次は、帰ろうと言ってくれた。

ヒロミのこういうところ、好きだと思った。ちょっと一筋縄でいかないところ。

それでいて、僕の気持ちもちゃんと考えてくれているところ。

あとで、改めてヒロミに僕の気持ちを伝えよう。


♪


俺たち、『Ten 4 The Suns』の二十周年記念ライブツアーは終わった。

東京を皮切りに、地方も十五カ所。とても良い出会いに恵まれて、アクシデントもなく、ファンに最高のライブを届けられたと思う。

嬉しかったのは、ファーストライブに虹輝が来てくれたことだった。しかも、友達と一緒に。いや、あの子はきっと彼女だ。楽屋に顔を出してくれればいいのにと思ったけど、ライブ後の俺たちのテンションについていけないと思ったかもしれな

いな。虹輝らしく賢明だと思った。

その日のライブには、もう一つ嬉しいことがあった。会場に真香の姿を見たのだ。

レコーディングで忙しいのに駆けつけてくれたのだ。俺の歌を、身体ごと受け止めて楽しんでくれていた。それが凄く嬉しくて、テンションが上がった俺は、まるで十代のような気持ちになって、歌を届けた。

ライブが終わると、真香は楽屋に飛び込んできた。彼女は、全身からアドレナリンが出てるがごときテンションで、一曲、一曲、俺らの歌の良さを力説してくれた。

彼女の言葉が本当に力になる。これからも、ずっと観ていて欲しいと思った。

虹輝が楽屋に来てくれたら、真香を紹介しようと思った。だけど、そうならなくて正解だったのかもしれない。

ちゃんと場を設けて、虹輝に真香を紹介したいと思った。どこか、美味しい店を予約して。いや……俺が作ろう。とっておきの料理を家で一緒に食べようと思った。

僕とおべんとうの卒業

月日が経つのは早い。
虹輝の高校生活も、終わりを迎えようとしていた。
俺はいつものように五時半に目を覚ました。
ベッドに座り、眼鏡をかける。
今日はこれから、最後のお弁当作りが始まるのだ。
「よしっ」
気合は十分だ。俺はキッチンへと向かった。
キッチンで、エプロンをかける。そして念入りに手を洗う。この動作は、もう体に染みついていた。

タイマー予約をした炊飯器を開けると、美味しそうな湯気が眼鏡を曇らせる。

最後の弁当のメニューは数日前から考えていた。今日の弁当箱は、三段のお重箱だ。最後にふさわしいじゃないか。

俺は材料を取り出して、お弁当作りを始めた。


赤ピーマンと黄ピーマンとインゲンと海老をナンプラーで炒める。

この赤、黄、緑の彩りと美味しさは、お弁当には欠かせなかった。

鶏モモ肉に小麦粉をまぶして、照り焼きにする。

塩鮭を焼きながら、鶏ササミフライを揚げる。

そして、オクラに人参の薄切りを巻いて、さらに豚肉を巻いて焼く、おなじみのオクラと人参の肉巻き。断面の星形は、今まで一体いくつ作ってきただろうか。全部合わせたら、ちょっとした星空に匹敵するかもなと思うと笑えてきた。一番最初に、この星形の肉巻きを見て感動していた虹輝の顔を思い出す。嬉しそうだった。

そして、虹輝の大好物の卵焼きは、しらすとニラ入りだ。

真香と一緒に行った焼き鳥屋で一目ぼれした、銅製の卵焼き器で焼く。巻きを重ねて焼くのが、実にやり易くて出来上がりも美しい。

卵焼きは、ほぼ毎日お弁当に入れた。いったいバリエーションがいくつあるのか、今度書き出してみよう。

あとは作り置きをしていた常備菜を入れるとしよう。

おかずを三段のお弁当箱に詰めていると、神聖な気持ちになった。

まず一番下の段のご飯は、焼きのりを挟んだ白米に、赤じそおかか和えをまぶして、南高梅の梅干しを真ん中に。隅のほうに、塩鮭とピーナッツ味噌を添える。

まん中の段には、常備菜のきんぴらごぼうともやしナムル、紅菜苔《こうさいたい》のおひたし、ゆでブロッコリーに卵焼きを入れた。

そして、蓋を開けた時のインパクトが大切な一番上の段には、まずレタスをしいて、鶏モモ肉の照り焼きを入れた。照りが良く美味しそうだ。隣に鶏ササミフライを入れようとした時、虹輝が起きてきて俺に声をかけた。

「おはよう……」

「おはよう」

いつもだったら、そのまま冷蔵庫から牛乳を出して、ゴクゴク飲み始めるのに、虹輝は、目の前のお弁当に釘付けになっていた。その目からは、驚きと喜びがにじみ出てる。なんたって、虹輝の好きなもののオンパレードだから。

「今日、最後の弁当だからさ……」

俺はそう言って笑うと、虹輝は笑顔になった。

オクラと人参の肉巻きと、赤ピーマンと黄ピーマンとインゲンと海老のナンプラー炒めを入れる。

真ん中には、プチトマトを鎮座させた。

俺がおかずをお弁当箱に詰めていくさまを、虹輝が嬉しそうに見ているのが息遣いでわかった。

俺は……言葉にならない喜びを感じていた。


♪


三年二組の教室。ここでお弁当を食べるのも今日が最後になる。僕とヒロミと章雄は、教室の真ん中に机を寄せて、お弁当を食べることにした。

「なんかおいしそうじゃん」

ヒロミは、章雄のコンビニ弁当を見て言う。たしかにいつものコンビニ弁当より豪華かもしれない。

「いや、これ最後のお弁当だからね？　イヤでしょ？」

章雄は不服そうだ。章雄のお母さんは、朝から働いているからお弁当を作れなかった。それに、料理が苦手だとも言っていた。だとしても、最後のお弁当もコンビニなのは、確かにちょっと切ないだろう。ヒロミはそれを察したのか、

「美味しそう、美味しそう」

と励ましている。

「美味しそう？　ありがとう」

そうやってすぐ切り替えられるのが、章雄のいいところだ。

僕は、お弁当を机の上に取り出した。

ヒロミと章雄は、待ってました！　とばかりに、おしゃべりを止めて、僕がお弁当袋の紐を解くのをじっと見る。中から出てきたのは、豪華な曲げわっぱの三段のお重箱だ。二人は勢いよく身を乗り出してお弁当箱を見つめている。

僕は丁寧に、上の二つのお重を取ると、まずは一番下の段にご飯が。次にまん中の段のおかずを机に置き、最後に一番上の段のおかずの蓋を取った。

「おー！　信じらんないんだけど」

ヒロミは絶叫する。

「こんなに食べれんのぉ？」

章雄もビックリしている。

三つ並ぶと、インパクトは絶大で、あきらかに二人分以上はありそうな量だ。

「でもこれのせいで朝飯抜かれた」

そう言うと二人は、そりゃそうだ、という感じで笑った。品数はざっと十三種類。

食欲をそそられた僕は先陣を切った。

「いただきますっ」

僕たちは一緒に手を合わせた。すると、ヒロミの箸は、自分のお弁当じゃなく、
僕のお弁当に伸びてきた。

「っしゃあ。いただきっ」

つまんだのは、オクラと人参の肉巻きだ。

「美味しい！」

悶絶するヒロミ。

「えー！　虹輝より先いっちゃう？」

章雄は呆れている。

「いいよ、いいよ」

僕は、喜んで食べてくれるのが嬉しいんだ。

「じゃあ、俺も。よし」

と章雄が食べたのは、鶏ササミフライだ。やっぱり、「美味い！」とヒロミと顔を見合わせて笑っている。この二人には、父さんのお弁当の評論家になれるほど味見をしてもらった。もらった？　というのもおかしいけど。父さんのお弁当で、美味しいと喜んでもらえるのが、僕は誇らしかった。

「なんか、集大成って感じだね」

僕を見るヒロミ。その顔は、弁当作りを卒業する父さんをねぎらうように微笑んでいる。

「ほんと」

章雄が感慨深そうに言い僕を見つめる。

「……」

僕は、お弁当を見つめた。本当に僕の好きなものばかりだ。

二人の言葉に、僕はなんだか感極まってきた。

そう、卵焼きは、毎日欠かさず入っていた。

僕は、この最後のお弁当のはじまりに、卵焼きを一つ頬張った。

安定の美味しさだ。

ニラの香りがふわっとして、しらすとの相性抜群の和テイストがたまらない。

ゆっくりと味わっていると、この三年間のあれこれが思い出されてくる。

一番最初に作ってくれたお弁当。

父さんは、出来がよかったと自画自賛して写真を撮っていた。僕は、本当にお弁当作りを続けてくれるかどうか、疑心暗鬼なところがあったのに、父さんはそれを覆した。

それから毎日、季節ごとに旬の物を取り入れてくれた。

ときには、『旬をおいしく食べよう！　自信作！』なんていうポップまで作ってくれた。なのに、僕はそれに対して、大した反応をしなかったな。

僕はご飯を一口食べた。

そう、ご飯も、ただの白米だけってことは絶対なくて、ふりかけや混ぜるものにもこだわってくれた。炊き込みご飯も絶品だった。

酔っぱらって朝帰りしても、フラフラになってでもお弁当を作ってくれた。

オムライスの上に梅干しがあった時は、焦ったけど……。

それでも、欠かさず作ってくれたことには変わりなかった。

そら豆入りのお弁当が、臭くてたまらなくて、父さんに怒りをぶつけてしまったこともあった……一生懸命作ってくれたのに、文句を言ってしまった。

あんな言い方しなくてもよかったのに。

それでも父さんは、怒らずお弁当作りを続けてくれた。

新しいお弁当箱を買ってきてくれても、僕は喜ぶわけでもなく、興味も示さなかった。

お弁当の種類を増やすために、試行錯誤して作ったカスタム調理器。

それで作ったお弁当を……僕はダイエットのために、食べずに捨てた。

なんてことしたんだろう……。

遠方にライブに行く時だって、ただでさえ早く家を出るのに、それでも必ずお弁当を作ってくれていた。

お弁当だけじゃない。そういう時父さんはいつも、夕飯も作っておいてくれた。

『炊飯器に炊き込みご飯あるぞ！　おかずは冷蔵庫のを温めて　次は一緒に福島行けるといいな！』

そんなポップを書き残して。

栄養バランスを考えて、健康でいられるようにしてくれた。だから僕は、あの無断欠席した日以外、一日も休むことなく学校に通えたんだろう。

機嫌が悪い日や、父さんに八つ当たりする日もあったのに、父さんは一度だって、僕を責めたことはなかった……ずっと僕を受け止めて、信じてくれていたんだ。

気が付いたら、涙が流れていた。

走馬灯のように、次から次へと父さんのお弁当が思い出されてくる。

悲しいんじゃない、嬉しいから……泣きながらお弁当を食べた。

ヒロミは、そんな僕を見守るように微笑みながら、僕の腕を優しく摑んで揺らす。それは、気持ちわかるよ、って、心の中で言ってくれているようだ。ヒロミの手の温かさが、もっと僕を素直にさせた。

章雄は微笑みながら、もらい泣きしている。こういう時、章雄はいつも空気を変えてくれて、僕の頭をクシャクシャッと優しく撫でながら言った。

「何泣いてんだよ」

それでも僕は涙が止まらなくて、泣きながら食べ続けた。

ダサくても弱くても、なんだっていいんだ。

この二人の前だから、僕は素直になれる。

「そんな泣くほど美味しいのか」

ヒロミが突っ込んでくる。

「そうだぞ。俺も食べちゃお〜」

「半分こしよう、じゃあ」

「あ、いいよ」

僕たちは、父さんのお弁当を一緒に食べた。

三人で一緒に食べるお弁当の時間も、これで最後になるんだ。

時間が止まればいいなと思った。

僕は昨日、父さんのインスタでお弁当の写真を数えた。

この最後のお弁当は、461個目だ。

461個の卵焼きと、461個の父さんの愛情。

僕はちゃんと言えたのかな、461個のありがとうを。

その日の帰り道。家へと続く坂道を上がっていたら、「虹輝」と大きな声で呼ばれた。

振り返ると、父さんが後ろから自転車を懸命に漕ぎながら坂道を上がっていた。

白いハットにお洒落なジャケットは、自転車と不釣り合いだけど、父さんはそういうのあまり気にしない。

自転車のカゴの中には、大きな買い物袋がある。きっと重いんだろうけど、父さんは必死に漕いで、僕の前に止まって、真っ先にジャケットを脱いだ。

「あっつい。おかえり」

「ただいま」と僕。

父さんは、「よいしょ」と自転車を降りて、僕と横並びになって坂を上がった。

僕は、素直な気持ちを伝えたくなった。

「お弁当ありがと。美味しかった」

「おお」

父さんは照れ臭そうに、それ以上言葉にしない。でも、喜んでくれているのがわかる。

二人で並んで歩くのも久しぶりで、なんだか照れ臭い気がしてくる。僕は思っていたことを伝えた。

「あのさ」

「ん？」

「大学受かったらまた頼むよ」

僕は本心から、また父さんのお弁当を食べたいと思っていた。

父さんはちょっと考えているようだ。

「……大学は、友達と学食で食べればいい。そういう時間も大切だ」

そうか……。僕は一瞬、父さんはもうお弁当はこりごりなのかな、と思ったけど、父さんの表情を見ていると、そういうことじゃないらしい。大学に入るとまた新しい世界が始まる。そこで出会う人々もたくさんいるんだ。人との出会いを大切にしたほうがいい、と言ってくれていると思った。僕は素直に、「うん」と頷いた。

僕たちは、しばらく黙って歩いた。すると父さんが、僕に身を寄せて背比べを始めた。

「あれ？　なんか、デカくなったな」

急にそんなことを言われると、なんか照れ臭い。

「そうかな？」

僕は、父さんより先を歩いた。

父さんは笑いながら、自転車のベルを鳴らした。

僕が振り向くと、父さんは指鉄砲で僕を撃ってきた。

「バン！」

「う！」

お！　この懐かしい感じ。反射的に倒れてしまう僕。でも撃ち返す！

「バンバン！」

子供の頃、父さんとよくやりあった。

このリズム、二人とも体に染みついているのが懐かしくておかしくて、笑いあった。あの頃はこんなことが、二人の秘密の合言葉みたいでうれしかった。

僕が心地よさに包まれて歩いていると、しばらくして、父さんがたずねてきた。

「……大学いけそうか？」

「うまくいく気がする」

僕は間髪入れずに答える。

「え？」

父さんはそれにちょっと驚いている。

「なんかね、全部、うまくいく気がするんだ」

心の中から正直に出てきた思いを父さんに伝えた。

父さんは僕に優しく微笑んでいる。僕もその笑顔に応えるように笑った。

僕たちは、それ以上話すことなく、ただ並んで夕暮れの坂を歩いた。
その先には、なんの不安もない道が待っている気がした。

その晩、僕は夢を見た。
暗闇のステージにスポットライトがつくと、マイクの前に父さんが立って歌い出す。
その隣では、僕がマイクを持って父さんにハモって歌うんだ。

『Lookin' 4』

初めて触れた愛だから　求めるのは忘れていいのさ
沢山詰めた思い出は　いつの間にか遠い所まで
集め始めた　ポッケの中に
見つけ始めた　いろんな石を
形を変える　色も加えた

何度も投げる　想いを込めて
初めて触れた愛だから　求めるのは忘れていいのさ
沢山詰めた思い出は　いつの間にか遠い所まで

映るのは全て　泣き声を作る
聴こえてくるのは　自由な笑顔
お揃いの靴で　歩き始める
登って生きる　両手広げて
初めて触れた愛だから　求めるのは忘れていいのさ
沢山詰めた思い出は　いつの間にか遠い所まで
　進んで行く遠い所まで　いつの間にか遠い所まで

歌い終わると、僕たちはハイタッチをした。

手のひらを通して、父さんから熱い気持ちが流れ込んできたような気がした。
僕はこれから、どんな遠い所までも行ける勇気を持った。

おしまい

共同プロデューサー：橋本恵一
キャスティングプロデューサー：福岡康裕
音楽プロデューサー：津島玄一　本谷侑紀
撮影：向後光徳（J.S.C.）
照明：斉藤 徹
録音：大竹修二（J.S.A.）
美術：福澤勝広（A.P.D.J）
装飾：山田好男
編集：川瀬 功（J.S.E.）
音響効果：岡瀬晶彦（J.S.A.）
劇伴：北里玲二
助監督：是安 祐
スクリプター：増子さおり
衣裳：加藤哲也
ヘアメイク：知野香那子
俳優担当：林まゆみ
制作担当：角田 隆　吉田信一郎
ラインプロデューサー：中円尾直子
宣伝プロデューサー：谷口毅志
「461個のおべんとう」製作委員会：ハピネット　東映　テレビ東京
　ジェイ・ストーム　ジョーカーフィルムズ　テレビ大阪
　博報堂ＤＹミュージック＆ピクチャーズ　日本出版販売
　マガジンハウス
企画協力：マガジンハウス
企画・製作プロダクション：ジョーカーフィルムズ
製作幹事：ハピネット
配給：東映

461個のおべんとう

CAST

鈴本一樹…………………井ノ原快彦
鈴本虹輝…………………道枝駿佑

仁科ヒロミ………………森七菜
田辺章雄…………………若林時英
柏木礼奈…………………工藤遥

矢島真香…………………阿部純子
徳永　保…………………野間口徹
浅井周子…………………映美くらら

古市栄太…………………KREVA
河上利也…………………やついいちろう

遠藤咲江…………………坂井真紀
鈴本奈津子………………倍賞千恵子

STAFF

原作：「461個の弁当は、親父と息子の男の約束。」
　　　渡辺俊美（マガジンハウス刊）
監督：兼重 淳
脚本：清水 匡　兼重 淳
音楽：渡辺俊美
主題歌：「Lookin'4」井ノ原快彦　道枝駿佑
製作：松井 智　村松秀信　山元一朗　藤島ジュリーK.
　　　小池賢太郎　東口幸司　村田嘉邦　吉川英作　鉄尾周一
プロデューサー：平石明弘　丸山文成

JASRAC 出 2007025-001

461個《こ》のおべんとう　朝日文庫

2020年10月30日　第1刷発行

著　者　丸《まる》山《やま》　智《とも》

発行者　三宮博信
発行所　朝日新聞出版
〒104-8011　東京都中央区築地5-3-2
電話　03-5541-8832(編集)
03-5540-7793(販売)
印刷製本　大日本印刷株式会社

Published in Japan by Asahi Shimbun Publications Inc.
定価はカバーに表示してあります

ISBN978-4-02-264969-0